ÉTONNANTS • CLASSIQUES

MOLIÈRE

L'Amour médecin
Le Sicilien ou l'Amour peintre

Présentation, notes et dossier par
CLAIRE JOUBAIRE,
professeur de lettres,

Cahier photos par
MARIE-ANNE DE BÉRU

Flammarion

De Molière,
dans la collection « Étonnants Classiques »

L'Amour médecin, Le Sicilien ou l'Amour peintre
L'Avare
Le Bourgeois gentilhomme
Dom Juan
L'École des femmes
Les Fourberies de Scapin
George Dandin
Le Malade imaginaire
Le Médecin malgré lui
Le Médecin volant. La Jalousie du Barbouillé
Le Misanthrope
Les Précieuses ridicules
Le Tartuffe

Éditions revue, 2015.
ISBN : 978-2-0813-5777-8
ISSN : 1269-8822

Création maquette intérieure :
Sarbacane Design.

Numéro d'édition : L.01EHRN000463.N001
Dépôt légal : mars 2015.
Imprimé en Espagne par Novoprint S. A. (Barcelone)

SOMMAIRE

Comment Jean-Baptiste Poquelin est devenu Molière

Un choix inattendu

Quand Jean-Baptiste Poquelin voit le jour à Paris, en 1622, rien ne le destine à devenir un homme de théâtre connu et applaudi sous le nom de Molière.

Il naît dans une famille appartenant à la bourgeoisie aisée. En 1631, alors que Jean-Baptiste est encore enfant, son père, qui exerce le métier de tapissier, achète la charge de « tapissier ordinaire et valet de chambre du roi », c'est-à-dire qu'il acquiert le droit de décorer les appartements du roi et l'honneur de faire chaque matin le lit du souverain. Deux ans plus tard, cette charge devient héréditaire : elle doit revenir, de droit, à Jean-Baptiste. Afin de pouvoir évoluer dans le monde de l'aristocratie, le jeune garçon suit des études dans un établissement huppé du centre de Paris : le collège de Clermont (l'actuel lycée Louis-le-Grand). À l'issue de cette scolarité, Jean-Baptiste part étudier le droit à Orléans avant d'occuper pendant quelques mois un emploi d'avocat à Paris.

En 1643, sa rencontre avec Madeleine Béjart modifie le cours de sa vie. Il tombe amoureux de la jeune femme, renonce à prendre la succession de son père et décide de monter une troupe de théâtre avec Madeleine et ses frères, tous comédiens. Ils nomment leur troupe « l'Illustre-Théâtre ». L'année suivante, Jean-Baptiste Poquelin choisit son pseudonyme : Molière.

Les débuts difficiles de l'Illustre-Théâtre

La décision qu'a prise Jean-Baptiste de devenir acteur est audacieuse. L'Église porte un regard sévère sur le théâtre[1], et la profession de comédien est méprisée par la société. Il s'agit d'ailleurs d'un métier récent : longtemps le théâtre a été pratiqué en amateur, dans les collèges ou à la cour.

Les débuts de l'Illustre-Théâtre ne sont pas faciles. À Paris, la troupe doit faire face à la concurrence des compagnies installées de longue date dans la capitale ; elle accumule les dettes et fait faillite en 1645, deux ans seulement après sa création. Incapable de rembourser l'argent qu'il doit à ses fournisseurs, Molière est envoyé en prison. Il n'y reste que quelques jours mais mettra, dit-on, plus de vingt ans à s'acquitter de ses dettes.

De la prison au Palais-Royal

Malgré l'échec de cette première expérience, Molière n'abandonne pas la carrière d'acteur. En compagnie de Madeleine Béjart, de sa sœur Geneviève et de son frère Joseph, il rejoint la troupe itinérante du comédien Dufresne et part en tournée en province. Pendant treize ans, ils sillonnent ensemble les routes de France.

Molière, qui excelle dans le jeu comique, prend rapidement la tête de la troupe et écrit ses premières comédies : *L'Étourdi*, qu'il monte à Lyon en 1655, et *Le Dépit amoureux*, représenté à Béziers

---

1. À l'époque, l'Église considère que le théâtre corrompt les bonnes mœurs et détourne les fidèles de la pratique religieuse.

l'année suivante. La troupe a du succès et reçoit des subventions de la part d'aristocrates de plus en plus puissants : en 1653, le prince de Conti – troisième personnage le plus important de la cour, après le roi et son frère – lui accorde sa protection, avant de lui retirer son soutien en 1656, quand il se convertit à une forme intransigeante du catholicisme qui voit le théâtre d'un très mauvais œil. En quête de nouveaux revenus, la troupe revient à Paris.

Dans la capitale, les deux premières comédies écrites par Molière, *L'Étourdi* et *Le Dépit amoureux*, sont très appréciées ; la troupe est rapidement placée sous la protection de « Monsieur », Philippe d'Orléans, frère du roi. C'est ainsi que Molière obtient le privilège de jouer devant le souverain, en octobre 1658. Il choisit d'interpréter une tragédie de Corneille, *Nicomède*, et une farce de sa composition, *Le Docteur amoureux*. Le roi bâille devant la tragédie mais il rit à la petite farce. Dès lors il installe la troupe de Molière au théâtre du Petit-Bourbon, dont elle partage la salle avec les comédiens-italiens, menés par Tiberio Fiorilli (1600-1694) – plus connu sous le nom de Scaramouche –, interprètes de la *commedia dell'arte*. C'est au théâtre du Petit-Bourbon que Molière remporte son premier grand succès : *Les Précieuses ridicules*, en 1659. La troupe monte également plusieurs farces écrites par Molière : *Le Médecin volant* (1659), *Sganarelle ou le Cocu imaginaire* et *La Jalousie du Barbouillé* (1660). En 1661, les deux troupes déménagent dans le prestigieux théâtre du Palais-Royal. Molière est devenu l'un des dramaturges les plus célèbres de France, particulièrement apprécié du roi Louis XIV.

Molière, comédien du roi

L'invention des comédies-ballets

À l'occasion d'une fête qu'il organise en l'honneur du roi, dont il est le surintendant des Finances, Nicolas Fouquet demande à Molière de créer un spectacle avec le compositeur et chorégraphe Pierre Beauchamps. En août 1661, les deux artistes montent *Les Fâcheux*, une comédie dans laquelle s'insèrent des ballets et des chants : c'est la naissance d'une forme de spectacle inédite, qu'on appelle « comédie-ballet ». Amateur de fête, de théâtre, de musique et de danse, Louis XIV est charmé par le spectacle. Dès l'automne 1663, il invite Molière à Versailles afin qu'il représente plusieurs pièces, dont *Les Fâcheux*. L'année suivante, en 1664, le roi commande à Molière une nouvelle comédie-ballet, en collaboration cette fois avec un jeune compositeur italien nommé Lully. Les deux hommes créent *Le Mariage forcé*. Le spectacle a lieu dans l'appartement de la reine mère, et Louis XIV y participe en tant que danseur, costumé en espagnol.

Quelques mois plus tard, toujours à la demande du souverain, Molière et Lully collaborent à nouveau pour monter *La Princesse d'Élide*. Ce spectacle constitue une partie des *Plaisirs de l'Île enchantée*, une fête somptueuse organisée par Louis XIV en l'honneur de la reine mère et de la reine dans les jardins du château de Versailles. Pendant trois jours, les courtisans participent à cette fête d'une ampleur inédite, qui mêle défilé de quarante chevaux (accompagnés d'un ours, d'un chameau et d'un éléphant), courses de bague et de tête[1], ballets, concerts, dîner aux chandelles dans le parc

1. Les ***courses de bague*** et les ***courses de tête*** sont des jeux équestres qui consistent, pour des cavaliers, à insérer leur lance dans un anneau suspendu à une potence du château, spectacle aquatique et feu d'artifice. Le roi participe au défilé en costume antique. La comédie-ballet imaginée par Molière et Lully est présentée le deuxième jour : fait sans précédent, elle a lieu en plein air, et de nuit. C'est un triomphe, et un tournant dans la carrière de Molière.

Le triomphe à la cour et à la ville

Entre 1664 et 1671, Molière et Lully créent ensemble onze comédies-ballets. Ils montent un spectacle, parfois deux, presque tous les ans : outre *Le Mariage forcé* et *La Princesse d'Élide* en 1664, ils collaborent pour *L'Amour médecin* en 1665, *La Pastorale comique* et *Le Sicilien ou l'Amour peintre* en 1667, *George Dandin* en 1668, *Monsieur de Pourceaugnac* en 1669, *Les Amants magnifiques* et *Le Bourgeois gentilhomme* en 1670, et enfin *La Comtesse d'Escarbagnas* et *Psyché* en 1671. Mis en scène dans les plus beaux châteaux du roi – à Versailles, Saint-Germain-en-Laye et Chambord –, ces spectacles sont ensuite repris dans une version plus simple sur la scène du Palais-Royal, pour le public parisien. Parallèlement à ces collaborations avec Lully, Molière continue à mettre en scène, à la cour (c'est-à-dire devant le roi), et à la ville (dans la salle du Palais-Royal) d'autres spectacles, dont beaucoup remportent un vif succès. Certains cependant provoquent le scandale. C'est le cas du *Tartuffe* – pièce montée en 1664 pour *Les Plaisirs de l'Île enchantée* – et de *Dom Juan* – pièce créée en 1665 : ces deux œuvres sont de violentes attaques contre l'hypocrisie religieuse.

Pendant cette période, Louis XIV multiplie les signes d'amitié envers Molière. En 1664, le monarque accepte d'être le parrain du fils aîné du dramaturge, qui sera prénommé Louis. En 1665, il

---

(courses de bague), et à renverser des têtes en carton à l'aide de leur lance (courses de tête).

accorde à la troupe de Molière le titre de « troupe du roi » et une pension de sept mille livres.

Le temps des ruptures

Le statut privilégié de Molière, ainsi que ses pièces dans lesquelles il n'hésite pas à critiquer les hommes les plus puissants du royaume, lui attirent de solides rancunes. Ses ennemis s'en prennent non seulement à ses œuvres mais aussi à sa vie privée : quand il épouse Armande Béjart, la sœur cadette de Madeleine, certains affirment qu'il s'agit en réalité de la fille de Madeleine, voire de la propre fille de Molière. Ce dernier continue néanmoins à mettre en scène et à jouer ses spectacles, mais il compose des œuvres plus prudentes (*Le Médecin malgré lui*, 1666, *Amphitryon* et *L'Avare*, 1668, *Le Bourgeois gentilhomme*, 1670, *Les Fourberies de Scapin*, 1671...). Au début des années 1670, ses adversaires ont de plus en plus d'influence et Molière perd peu à peu la faveur du roi. En outre, en 1671, une dispute met fin à sa collaboration avec Lully.

En 1673, Molière, qui lutte depuis de longues années contre la maladie, monte *Le Malade imaginaire*, sa dernière comédie-ballet, dont la musique est composée cette fois par Marc Antoine Charpentier. Elle n'est pas représentée à la cour, mais au théâtre du Palais-Royal. Il meurt un soir de février 1673, quelques heures après avoir interprété sur scène le rôle-titre de la comédie. Le prêtre arrive trop tard pour lui faire abjurer sa profession de comédien, condition indispensable pour être enterré religieusement. Cependant, grâce à l'intervention de Louis XIV, Molière est inhumé au cimetière Saint-Joseph, près des Halles, au cours d'une cérémonie nocturne. Après sa mort, ses spectacles sont repris, avec beaucoup de succès, aussi bien à la cour qu'à Paris.

Aux sources de la comédie-ballet

La comédie-ballet est un genre composite, qui mêle de manière originale des éléments issus de spectacles très différents : tout oppose, *a priori*, la tradition populaire de la farce, la fantaisie de la *commedia dell'arte* et les ballets sophistiqués que l'on donne dans les palais du roi. C'est pourtant en osant lier ces trois genres que Molière invente l'une des formes les plus appréciées de son temps.

La farce

La farce est une forme de théâtre comique qui remonte au Moyen Âge. Dans son enfance, Molière a pu assister à ces petites pièces jouées dans les foires devant un public nombreux, certaines à la demande d'opérateurs (médecins autodidactes proposant leurs services à peu de frais) qui, pour attirer la foule devant leur échoppe, engageaient des comédiens. Les farces sont des pièces courtes qui mettent en scène des personnages issus du peuple, s'exprimant dans un langage familier et volontiers caricaturaux : l'amant rusé, la femme infidèle et le mari cocu sont les héros d'histoires simples, qui ont pour seul objectif de faire rire le public à gorge déployée. Dans cette perspective, les comédiens n'hésitent pas à recourir à un humour grossier, voire obscène.

Au XVIIe siècle, les farces étaient également jouées dans de vrais théâtres, mais le plus souvent en seconde partie de spectacle, après une tragédie.

Ce sont elles qui offrent à Molière ses premiers succès : *Sganarelle ou le Cocu imaginaire* et *La Jalousie du Barbouillé* (1660).

La *commedia dell'arte*

Commedia dell'arte signifie en français « théâtre de professionnels ». L'expression désigne une forme de théâtre pratiquée par les premières troupes professionnelles de comédiens italiens entre le milieu du XVIe siècle et la fin du XVIIIe siècle, et qui a provoqué une véritable révolution dans l'histoire du théâtre. Les spectacles de la *commedia dell'arte* mettent en scène des personnages récurrents et stéréotypés, qui sont reconnaissables à leur costume et à leur masque, et dont les caractéristiques sont identiques de pièce en pièce : des valets rusés (comme Arlequin), des vieillards avares (Pantalon) ou vaniteux (*Il Dottore*, le « docteur » en italien), des jeunes gens de bonne famille empêchés par leur père d'épouser celles qu'ils aiment... Le texte des pièces n'est pas écrit : un simple canevas, préparé par le chef de troupe et accroché en coulisses, résume les étapes importantes de l'intrigue et les principaux gags (*lazzi*). Le spectacle est créé rapidement au cours des répétitions par les comédiens de la troupe qui privilégient un jeu « naturel », moins codifié que celui des comédiens français de la même époque.

En France, la *commedia dell'arte* apparaît grâce à des troupes itinérantes qui proposent leurs spectacles en province et à Paris. Au cours des années 1640 et 1650, elle rencontre un succès croissant dans la capitale qui, à partir de 1653, accueille une troupe italienne au théâtre du Petit-Bourbon. Le chef de troupe, Scaramouche, au célèbre costume noir, devient une véritable star.

Dans ses spectacles, Molière s'inspire régulièrement de la comédie italienne, lui empruntant des situations comiques et des gags. Son personnage Sganarelle, figure récurrente de ses comédies, doit beaucoup au théâtre italien : présent dans *L'Amour médecin* (1665), il nous amuse aussi dans *Le Médecin volant* (1659), *Sganarelle ou le Cocu imaginaire* (1660), *L'École des maris*

(1661), *Le Mariage forcé* (1664), *Dom Juan* (1665), et *Le Médecin malgré lui* (1666).

Les ballets de cour et le théâtre en musique

Louis XIV a le goût des spectacles qui lui permettent de se mettre en scène en monarque tout-puissant, et il apprécie particulièrement la musique et la danse. Cette dernière occupe une place très importante à la cour du Roi-Soleil, dont elle contribue à fonder le mythe. Le souverain finance de nombreux et fastueux ballets de cour, tels *Les Fêtes de l'Amour et de Bacchus* en 1651 et *L'Amour malade* en 1657. Ces spectacles, auxquels participe la noblesse, mêlent danses et chants, accompagnés parfois de courts dialogues. Sans constituer une intrigue, les différents tableaux sont liés entre eux par un thème.

Avant de composer ses comédies-ballets, Molière a assisté à de nombreux ballets de cour, et il a conçu le ballet des *Incompatibles*, dansé à Montpellier en 1655 devant le prince et la princesse de Conti.

Si elle emprunte aux ballets de cour, la comédie-ballet s'inspire aussi des mises en scène spectaculaires en vogue dans les années 1660 : les courtisans ont l'habitude d'assister à des tragédies mythologiques à machines (c'est-à-dire avec des effets spéciaux). Ainsi, la tragédie *Médée*, écrite par Corneille en 1635, se clôt par l'envol de la magicienne. En outre, au cours des années 1650, sous l'influence de l'opéra italien, théâtre et musique se mêlent. À la cour, on peut assister à des pastorales chantées – pièces qui mettent en scène les amours de bergers et de bergères, sur le modèle de leurs sources antiques. Certaines tragédies sont accompagnées de musique, comme *Andromède* de Corneille, créée en 1650 avec la collaboration du musicien d'Assoucy, malgré les réticences du dramaturge à l'encontre de la musique.

Molière monte cette pièce avec sa troupe trois ans plus tard, à Lyon. Renouant avec la tradition antique, théâtre et musique y sont combinés, mais les passages musicaux sont indépendants de l'intrigue. En inventant la comédie-ballet, Molière renouvelle profondément les liens entre musique et théâtre.

L'Amour médecin, une comédie-ballet satirique

Avec *L'Amour médecin*, Molière propose une comédie-ballet satirique inspirée de la *commedia dell'arte*.

Un « impromptu »

La pièce *L'Amour médecin* a été représentée pour la première fois le 15 septembre 1665 au château de Versailles, à l'occasion d'un déplacement de quelques jours du roi Louis XIV, dont la résidence principale se partage alors entre le château de Saint-Germain-en-Laye et le Louvre. On ignore si le spectacle a été joué en extérieur, comme *La Princesse d'Élide*, ou, plus vraisemblablement, dans la « salle de comédie » du château. La fête donnée par le roi a duré plus de quatre jours, et le spectacle, qui a remporté un vif succès, a été joué à plusieurs reprises. Dans l'avis au lecteur, Molière le qualifie d'« impromptu », c'est-à-dire de spectacle monté rapidement, pour une occasion précise : il affirme que tout « a été proposé, fait, appris et représenté en cinq jours ».

Une comédie chantée et dansée

L'Amour médecin constitue la troisième collaboration de Molière et de Lully ; la musique se fait entendre dès le prologue, où trois personnages allégoriques présentent le spectacle et rendent hommage à son commanditaire, c'est-à-dire au roi. Au cours de l'intrigue, plusieurs scènes musicales, chantées ou dansées, s'intègrent à l'action. Dans le premier acte, Sganarelle, désespéré par la maladie de sa fille atteinte de mélancolie, fait appel à quatre médecins : ceux-ci arrivent en dansant. Dans le deuxième acte, plongé dans un embarras encore plus profond après avoir consulté les médecins, Sganarelle s'adresse à un vendeur de remèdes (un « opérateur ») qui lui répond en chantant, tandis que plusieurs Trivelins et Scaramouches dansent autour des deux hommes. Au troisième acte, la pièce se termine en musique par les noces de la fille de Sganarelle.

Quelques semaines après sa création, la pièce a été reprise au théâtre du Palais-Royal sans ses « ornements », c'est-à-dire sans la musique ni la danse, et a obtenu le même succès.

L'héritage de la *commedia dell'arte*

Le spectacle peut en effet fonctionner sans musique, car il s'inscrit dans la tradition de la *commedia dell'arte*, dont Molière s'inspire largement. Il ne s'en cache pas, et précise que les personnages du ballet du deuxième acte sont des « Trivelins » et des « Scaramouches », c'est-à-dire des personnages directement empruntés au répertoire du célèbre chef de troupe italien Fiorilli, dit « Scaramouche ». Les autres protagonistes ne sont pas moins inspirés de l'univers de la *commedia dell'arte* : Sganarelle – le vieux père qui, par avarice, refuse que sa fille se marie –, Lisette – la servante rusée qui s'enorgueillit de pouvoir tromper son maître – et les médecins fanfarons – qui parlent un langage incompréhensible – sont autant de types auxquels les comédiens-italiens ont habitué le public français. En outre, plusieurs scènes comiques rappellent les *lazzi* – gags répétés à l'identique de pièce en pièce – de la *commedia dell'arte* : ainsi, la scène où Lisette fait semblant de ne pas voir la présence de son maître alors qu'elle déplore les malheurs arrivés à la fille de ce dernier pour mieux l'inquiéter (acte I, scène 6) répond à la scène dans laquelle Sganarelle fait semblant de ne pas comprendre ce que la servante est en train de lui expliquer (acte I, scène 3).

La satire de la médecine

La satire de la médecine à laquelle se livre ici Molière correspond à une tradition comique déjà bien établie à cette époque : nombreuses sont les farces et les pièces de la *commedia dell'arte* qui mettent en scène des médecins grotesques.

Refusant d'admettre que sa fille souffre parce qu'il l'empêche de prendre un mari, Sganarelle sollicite quatre médecins au chevet de la jeune femme. Loin d'aider ce père soucieux, les praticiens se révèlent ridicules : mus par l'orgueil et le cynisme, ils sont incapables de se mettre d'accord sur un diagnostic, et sont aussi inefficaces que les charlatans qui vendent des produits miraculeux aux patients trop crédules. L'attaque contre les médecins est particulièrement violente dans la scène 1 de l'acte III, quand le médecin Filerin expose au grand jour et cyniquement les travers de la profession. À l'époque de Molière, la pièce était d'autant plus drôle qu'elle caricaturait les médecins les plus en vue de la cour du roi. La dimension satirique de la comédie était d'une telle évidence que, lors de ses reprises à la ville, on a pris l'habitude de désigner cette pièce par le titre *Les Médecins*.

Le Sicilien ou l'Amour peintre, une comédie-ballet exotique

À bien des égards différente de *L'Amour médecin*, la pièce *Le Sicilien ou l'Amour peintre* est une comédie-ballet exotique destinée au *Ballet des Muses*.

Une entrée du *Ballet des Muses*

Pendant plus de deux mois – du 2 décembre 1666 au 19 février 1667 –, pour célébrer la fin du deuil de la reine mère, et mettre en scène la puissance et l'éclat de son propre règne, Louis XIV donne dans son château de Saint-Germain-en-Laye des fêtes magnifiques. Le *Ballet des Muses* est le plus beau spectacle de ces festivités : son ambition est de proposer le meilleur de tous les arts, incarnés sur scène par les neuf Muses qui servent à les représenter depuis l'Antiquité. Chacun des arts prend place dans une grande histoire imaginée par le dramaturge Isaac de Benserade : l'invitation des Muses à la cour du roi Louis XIV. Ces dernières font tour à tour leur entrée au palais. À chaque entrée correspond une partie du spectacle, ballet ou comédie. Enrichi au fil des différentes représentations, le spectacle compte en tout quatorze « entrées » ou parties[1]. À chaque représentation, le *Ballet des Muses* renouvelle les comédies qui la composent. La première version du spectacle ne contient qu'une seule pièce de Molière : *Mélicerte*, comédie pastorale écrite pour la troisième entrée

1. Une entrée pour chaque Muse, ainsi qu'une entrée pour Orphée (le « prince des poètes » dans la mythologie grecque), deux pour les Piérides (jeunes chanteuses qui défient les Muses dans la mythologie grecque), et une pour les Nymphes chargées d'arbitrer la compétition entre Muses et Piérides. La dernière entrée, celle où figure *Le Sicilien ou l'Amour peintre*, n'introduit pas de personnage nouveau. Voir dossier, p. 146.

consacrée à Thalie, Muse de la comédie et de la poésie bucolique. Elle est remplacée en janvier 1667 par la *Pastorale comique*, une comédie-ballet. La pièce *Le Sicilien ou l'Amour peintre* est créée pour la troisième version du *Ballet des Muses*, en février 1667, et constitue la seconde comédie-ballet du spectacle.

Une comédie exotique

La pièce est annoncée par les Muses, qui indiquent que, « après avoir fait paraître tant de nations différentes, il manquait à faire voir des Turcs et des Maures ». En effet, au cours du spectacle, plusieurs ballets ont déjà mis en scène des personnages « exotiques » : Grecs, Indiens, Espagnols. Pour clore les festivités, les Muses veulent y « mêler une petite comédie pour donner lieu aux beautés de la musique et de la danse ». Les spectateurs, qui suivent la représentation grâce au livret qui en décrit les différentes parties, s'attendent donc à voir une comédie-ballet « exotique » étonnante, point d'orgue d'un spectacle unique au monde.

Construite sur une intrigue classique, l'œuvre de Molière offre une galerie de personnages hauts en couleur : Dom Pèdre, seigneur sicilien fier et orgueilleux ; Isidore, jeune esclave grecque que Dom Pèdre a affranchie, dont il souhaite faire sa femme, et qui ose lui tenir tête ; Adraste, gentilhomme français audacieux et galant ; Hali, son valet, digne héritier des valets rusés de la *commedia dell'arte*, qui se présente comme turc tout en chantant en langue franque (scène 8), et réapparaît « vêtu en espagnol » dans l'une des scènes les plus drôles du spectacle (scène 12). Il faut ajouter à cela une troupe de Maures qui participe au ballet, et des danseurs représentant les esclaves de Dom Pèdre. Nationalités, accents, costumes se mêlent allégrement dans la pièce, sans souci de vraisemblance : seul l'exotisme compte, qui éblouit et surprend le public de la cour.

Une forme originale de comédie-ballet

Surprenante est également la forme de la pièce. Lorsque la première représentation a lieu, les spectateurs sont habitués aux comédies-ballets : il s'agit de la sixième collaboration de Molière et Lully, et de la seconde comédie-ballet donnée dans le cadre du *Ballet des Muses*, après la *Pastorale comique*. Cependant, *Le Sicilien ou l'Amour peintre* tient une place à part dans l'œuvre des deux artistes. Pour la première fois, les parties chantées participent pleinement à l'intrigue de la comédie. Dans cette courte pièce, d'un acte seulement, apparaissent trois scènes chantées et dansées. Trois musiciens sont présents sur scène dès le début du spectacle. Dans la scène 3, Adraste leur fait interpréter une sérénade pour sa bien-aimée. Dans la scène 8, Hali se fait passer pour un musicien pour s'approcher de la belle Isidore : c'est en chantant qu'il lui révèle l'amour que son maître éprouve pour elle. Dans la dernière scène enfin, Dom Pèdre, qui tente de faire reconnaître l'illégalité de l'union des deux jeunes gens, est entraîné dans une mascarade endiablée par les danseurs maures qui accompagnent le sénateur auquel il s'adresse. Musique et théâtre sont ainsi si étroitement liés qu'il est impossible de représenter la pièce sans la musique.

L'Amour médecin et *Le Sicilien ou l'Amour peintre* montrent deux facettes très différentes du genre hétéroclite et particulièrement riche qu'est la comédie-ballet. Molière y campe des personnages qu'il ne cessera de mettre en scène dans ses comédies postérieures – le père avare, le valet et la servante rusés, le jeune homme amoureux – et attaque ses cibles préférées, qui subiront ses railleries répétées – les jaloux, les médecins et, plus largement, les hypocrites. Mais les comédies-ballets tiennent une place particulière dans l'œuvre de Molière, puisque le genre lui permet d'expérimenter une voie nouvelle, reliant théâtre, musique et danse. Parce qu'il invente une forme inédite, Molière n'est pas soumis aux règles strictes du théâtre classique et peut s'amuser à surprendre les spectateurs en proposant des spectacles toujours différents. Lire ces deux comédies-ballets, voire les monter ensemble – comme l'ont fait Jean-Marie Villégier et Jonathan Duverger avec la compagnie des Arts florissants à la Comédie-Française en 2005 –, c'est entrer dans un univers dont la liberté et le plaisir constituent les seules règles.

CHRONOLOGIE

1622
1673

■ Repères historiques et culturels

■ Vie et œuvre de l'auteur

Repères historiques et culturels

1610	Assassinat d'Henri IV. Louis XIII n'a que neuf ans : sa mère, Marie de Médicis, assure la régence.
1617	Début du règne personnel de Louis XIII.
1624	Richelieu devient chef du Conseil du roi.
1629	Succès de *Mélite*, comédie de Corneille.
1634-1639	Richelieu fait construire le futur Palais-Royal.
1635	Corneille, *Médée* (première tragédie de l'auteur). Dans la dernière scène, la magicienne s'envole grâce aux machines du décor.
1636	Corneille, *L'Illusion comique* (la comédie connaît le succès) et *Le Cid* (la tragi-comédie remporte un triomphe), au théâtre du Marais.
1638	Naissance du futur Louis XIV, fils de Louis XIII et de la reine Anne d'Autriche.
1639	Naissance de Racine.
1640	Arrivée à Paris de Tiberio Fiorilli, dit Scaramouche, et de sa troupe de comédiens italiens.
1642	Mort de Richelieu ; Mazarin devient Premier ministre. Création de la congrégation de Saint-Sulpice, hostile au théâtre et qui combattra Molière.
1643	Mort de Louis XIII. Début du règne de Louis XIV, qui n'a que cinq ans. Sa mère, Anne d'Autriche, assure la régence, secondée par Mazarin.
1644	Un incendie détruit la salle du théâtre du Marais. Ouverture, quelques mois plus tard, d'une nouvelle salle, dotée de machines.

Vie et œuvre de l'auteur

1622 Naissance à Paris de Jean-Baptiste Poquelin.

1631 Son père achète la charge de « tapissier et valet de chambre ordinaire du roi ».

1633-1639 Jean-Baptiste effectue sa scolarité au collège de Clermont (l'actuel lycée Louis-le-Grand).

1637 Il s'engage à reprendre la charge de son père, devenue héréditaire.

1640 Il fait des études de droit à Orléans.

1642 Il abandonne la carrière d'avocat.

1643 Il renonce à la charge de « tapissier et valet de chambre ordinaire du roi ». Il fonde l'Illustre-Théâtre avec les Béjart.

1644 Jean-Baptiste Poquelin prend le nom de Molière.

Repères historiques et culturels

1647 Rossi (pour la musique) et Butti (pour le livret), *Orfeo* (opéra italien).

1648-1652 La Fronde : une partie des parlementaires puis des princes se révoltent contre le pouvoir royal. Mazarin aide le roi à rétablir son autorité.

1650 Corneille, *Andromède* (tragédie).

1653 Une troupe de comédiens italiens s'installe au théâtre du Petit-Bourbon.

1654 Sacre de Louis XIV.

1655 Charles de Beys (pour le texte) et Michel de La Guerre (pour la musique), *Le Triomphe de l'amour sur les bergers et les bergères* (première pièce de théâtre entièrement chantée, représentée au Louvre).

Vie et œuvre de l'auteur

1645 L'aventure de l'Illustre-Théâtre s'achève par une faillite. Couvert de dettes, Molière est emprisonné au Châtelet. Un ami intervient aussitôt pour le faire libérer. Molière et les Béjart rejoignent la troupe itinérante de Dufresne : début des tournées en province.

1650 La troupe reçoit une pension et Molière devient chef de troupe.

1653 Molière réalise la mise en scène d'*Andromède* de Corneille, avec une musique de Charles Copeau d'Assoucy.
Le prince de Conti accorde sa protection à la troupe.

1655 *L'Étourdi ou les Contretemps* (première comédie écrite par Molière jouée à Lyon).

1656 *Le Dépit amoureux* (farce jouée à Béziers).

1657 Le prince de Conti retire sa protection à la troupe de Molière.

1658 Retour de Molière et de sa troupe à Paris. Monsieur, frère du roi, leur accorde sa protection.
Première représentation devant Louis XIV : *Nicomède* (tragédie de Pierre Corneille) et *Le Docteur amoureux* (farce de Molière). La troupe s'installe au théâtre du Petit-Bourbon.

1659 *Le Médecin volant* (farce) et *Les Précieuses ridicules* (comédie).

Repères historiques et culturels

1660 Mariage de Louis XIV et de Marie-Thérèse, infante d'Espagne. Destruction du théâtre du Petit-Bourbon.

1661 Mort de Mazarin. Début du règne personnel de Louis XIV. Début de la construction du château de Versailles. Travaux de réhabilitation du théâtre du Palais-Royal.

1662 Création de l'Académie royale de danse.

1663 Louis XIV attribue les premières pensions aux hommes de lettres et fonde l'Académie des inscriptions et belles-lettres.

1664 Du 7 au 9 mai : *Les Plaisirs de l'Île enchantée*, festivités données par le roi au château de Versailles. Racine, *La Thébaïde* (première tragédie de l'auteur).

1665 Racine, *Alexandre le Grand* (tragédie, dédiée à Louis XIV).
Benserade (pour le livret), Lully (pour la musique), *La Naissance de Vénus* (ballet, où Louis XIV apparaît en Alexandre le Grand).

1666 Mort d'Anne d'Autriche. Fondation de l'Académie royale des sciences.

Vie et œuvre de l'auteur

1660 *La Jalousie du Barbouillé* et *Sganarelle ou le Cocu imaginaire* (farces). Molière assume la charge paternelle de tapissier du roi.

1661 Installation au théâtre du Palais-Royal. *Les Fâcheux* (première comédie-ballet jouée à l'occasion d'une fête donnée par Nicolas Fouquet, en présence du roi) et *L'École des maris* (petite comédie qui préfigure *L'École des femmes*, représentée au Palais-Royal).

1662 Molière épouse Armande Béjart, la sœur de Madeleine. Premier séjour de la troupe à la cour.
L'École des femmes (première grande comédie de mœurs) crée un grand débat, pendant plus d'un an.

1663 Molière répond aux vives critiques contre *L'École des femmes* dans deux comédies : *La Critique de l'École des femmes* et *L'Impromptu de Versailles*.
Le roi accorde à la troupe une subvention de mille livres par an.

1664 *Le Mariage forcé* (comédie-ballet donnée au palais du Louvre) constitue la première collaboration de Molière avec Lully.
En mai, la troupe participe aux *Plaisirs de l'Île enchantée*; elle reprend *Le Mariage forcé* et crée *La Princesse d'Élide*, en collaboration avec Lully (comédie-ballet). La pièce *Le Tartuffe* (grande comédie) est interdite.
Louis XIV accepte d'être le parrain du fils de Molière, Louis.

1665 *L'Amour médecin* (comédie-ballet jouée au château de Versailles). La troupe obtient le titre de «troupe du roi» et une pension de sept mille livres.
Dom Juan (grande comédie). La pièce fait scandale; elle est retirée de l'affiche.

1666 *Le Misanthrope* (grande comédie) et *Le Médecin malgré lui* (farce).

Repères historiques et culturels

1666-1667 Du 2 décembre 1666 au 19 février 1667 : grandes fêtes au château de Saint-Germain-en-Laye, au cours desquelles est représenté le *Ballet des Muses*, imaginé par Benserade.

1667 Racine, *Andromaque* (tragédie).

1668 La Fontaine, *Fables* (parution des six premiers livres).
Racine, *Les Plaideurs* (comédie).
Au château de Versailles, le *Grand Divertissement royal* célèbre la victoire du roi en Flandres.

1669 Fondation de la première Académie royale de musique.

1672 Louis XIV installe la cour à Versailles.

1673 Quinault (pour le livret) et Lully (pour la musique), *Cadmus et Hermione* (première tragédie lyrique ou « tragédie en musique »).

1674 Les *Divertissements de Versailles* célèbrent la conquête de la Franche-Comté. On y joue *Le Malade imaginaire*.

Vie et œuvre de l'auteur

1667 *Mélicerte* (comédie pastorale), *Pastorale comique* et *Le Sicilien ou l'Amour peintre*, en collaboration avec Lully (comédies-ballets) ; les pièces sont créées à l'occasion du *Ballet des Muses*, au château de Saint-Germain-en-Laye.

1668 *Amphitryon* (comédie d'intrigue) et *L'Avare* (grande comédie). *George Dandin*, en collaboration avec Lully (comédie-ballet) ; la pièce est créée au château de Versailles dans le cadre du *Grand Divertissement royal*.

1669 Autorisation de jouer *Le Tartuffe*. La pièce rencontre un grand succès.
Monsieur de Pourceaugnac (comédie-ballet), en collaboration avec Lully ; la pièce est représentée au château de Chambord.

1670 *Les Amants magnifiques* et *Le Bourgeois gentilhomme*, en collaboration avec Lully (comédies-ballets). La première pièce est jouée au château de Saint-Germain-en-Laye, la seconde au château de Chambord.

1671 *Psyché*, en collaboration avec Lully (tragédie-ballet à grand spectacle représentée aux Tuileries) et *Les Fourberies de Scapin* (comédie créée au théâtre du Palais-Royal). *La Comtesse d'Escarbagnas*, en collaboration avec Lully (comédie-ballet donnée au château de Saint-Germain-en-Laye).
Mort de Madeleine Béjart.
Une dispute met fin à la collaboration de Molière et de Lully.

1672 *Les Femmes savantes* (grande comédie).

1673 *Le Malade imaginaire*, avec une musique de Marc Antoine Charpentier (comédie-ballet).
Mort de Molière.

■ Frontispice de l'édition de 1682 de *L'Amour médecin*, par P. Brissart (gravure de J. Sauvé).

L'Amour médecin

■ Lucinde (Léonie Simaga), en habits de mariée et entourée de chanteurs, dans *L'Amour médecin* à la Comédie-Française en 2005 (mise en scène Jean-Marie Villégier et Jonathan Duverger).

Au lecteur

Ce n'est ici qu'un simple crayon[1], un petit impromptu[2] dont le Roi a voulu se faire un divertissement. Il est le plus précipité[3] de tous ceux que Sa Majesté m'ait commandés, et, lorsque je dirai qu'il a été proposé, fait, appris et représenté en cinq jours, je ne dirai que ce qui est vrai. Il n'est pas nécessaire de vous avertir qu'il y a beaucoup de choses qui dépendent de l'action[4] : on sait bien que les comédies ne sont faites que pour être jouées, et je ne conseille de lire celle-ci qu'aux personnes qui ont des yeux pour découvrir dans la lecture tout le jeu du théâtre ; ce que je vous dirai, c'est qu'il serait à souhaiter que ces sortes d'ouvrages pussent toujours se montrer à vous avec les ornements qui les accompagnent chez le Roi[5]. Vous les verriez dans un état beaucoup plus supportable[6], et les airs et les symphonies de l'incomparable M. Lulli[7], mêlés à la beauté des voix et à l'adresse des danseurs, leur donnent, sans doute, des grâces[8] dont ils ont toutes les peines du monde à se passer.

---

1. ***Crayon*** : pièce composée à la hâte.
2. ***Impromptu*** : pièce écrite rapidement, pour une occasion précise.
3. ***Le plus précipité*** : le plus rapidement composé.
4. ***Action*** : jeu des acteurs.
5. Voir le contexte de création de la pièce, p. 14-15.
6. ***Supportable*** : digne d'être supporté, acceptable.
7. ***Lulli*** (ou Lully) a composé la musique du spectacle (voir p. 8-9).
8. ***Grâces*** : charmes, attraits.

LES PERSONNAGES DU PROLOGUE[1]

La Comédie
La Musique
Le Ballet

LES PERSONNAGES DE LA COMÉDIE

Sganarelle[2], *père de Lucinde*
Aminte, *voisine de Sganarelle*
Lucrèce, *nièce de Sganarelle*
M. Guillaume, *vendeur de tapisseries*
M. Josse, *orfèvre*
Lucinde, *fille de Sganarelle*
Lisette, *suivante*[3] *de Lucinde*
M. Tomès, *médecin*
M. des Fonandrès, *médecin*
M. Macroton, *médecin*
M. Bahys, *médecin*
M. Filerin, *médecin*
Clitandre, *amant*[4] *de Lucinde*
Un Notaire

LES PERSONNAGES DU BALLET

Champagne, *valet de Sganarelle*
Quatre Médecins
L'Opérateur
Plusieurs Trivelins et Scaramouches
La Comédie, La Musique, Le Ballet, Jeux, Ris[5], Plaisirs

La scène est à Paris, dans une salle de la maison de Sganarelle.

---

1. Le ***prologue*** est une courte scène, ici chantée et dansée, qui ouvre le spectacle, sans faire partie de l'intrigue de la pièce.
2. Molière interprétait le rôle de Sganarelle.
3. ***Suivante*** : domestique.
4. ***Amant*** : celui qui aime et est aimé.
5. ***Ris*** : rires.

Prologue

La Comédie, la Musique et le Ballet

La Comédie

Quittons, quittons notre vaine querelle[1].
Ne nous disputons point nos talents[2] *tour à tour.*
Et d'une gloire plus belle
Piquons-nous[3] *en ce jour :*
Unissons-nous tous trois d'une ardeur sans seconde[4].
Pour donner du plaisir au plus grand roi du monde[5].

Tous trois

Unissons-nous…

La Comédie

De ses travaux, plus grands qu'on ne peut croire,
Il se vient quelquefois délasser[6] *parmi nous :*
Est-il de plus grande gloire,

---

1. ***Quittons notre vaine querelle*** : arrêtons de nous disputer sans raison.
2. ***Ne nous disputons point nos talents*** : ne faisons pas de nos talents un objet de dispute entre nous.
3. ***Piquons-nous*** : vantons-nous.
4. ***Sans seconde*** : sans pareille, unique.
5. ***Au plus grand roi du monde*** : à Louis XIV (périphrase).
6. ***Délasser*** : détendre.

Est-il bonheur plus doux?
Unissons-nous tous trois...

TOUS TROIS

Unissons-nous...

Acte I

Scène 1

SGANARELLE, AMINTE, LUCRÈCE,
M. GUILLAUME, M. JOSSE

SGANARELLE. – Ah ! l'étrange chose que la vie ! et que je puis bien dire, avec ce grand philosophe de l'Antiquité[1], que qui terre a, guerre a, et qu'un malheur ne vient jamais sans l'autre ! Je n'avais qu'une seule femme, qui est morte.

M. GUILLAUME. – Et combien donc en vouliez-vous avoir ?

SGANARELLE. – Elle est morte, Monsieur mon ami. Cette perte m'est très sensible[2], et je ne puis m'en ressouvenir sans pleurer. Je n'étais pas fort satisfait de sa conduite[3], et nous avions le plus souvent dispute ensemble ; mais enfin la mort rajuste toutes choses. Elle est morte : je la pleure. Si elle était en vie, nous nous querellerions[4]. De tous les enfants que le Ciel m'avait donnés, il ne m'a laissé qu'une fille, et cette fille est toute ma peine. Car

---

1. Cette référence est fantaisiste. Voir dossier, p. 124.
2. ***Sensible*** : douloureuse.
3. ***Conduite*** : manière d'agir, comportement.
4. ***Nous nous querellerions*** : nous nous disputerions.

enfin je la vois dans une mélancolie[1] la plus sombre du monde, dans une tristesse épouvantable, dont il n'y a pas moyen de la retirer, et dont je ne saurais même apprendre la cause. Pour moi, j'en perds l'esprit[2], et j'aurais besoin d'un bon conseil sur cette matière[3]. Vous êtes ma nièce ; vous, ma voisine ; et vous, mes compères[4] et mes amis : je vous prie de me conseiller tous ce que je dois faire.

M. JOSSE. – Pour moi, je tiens que la braverie et l'ajustement[5] est la chose qui réjouit le plus les filles ; et si j'étais que de vous[6], je lui achèterais, dès aujourd'hui, une belle garniture[7] de diamants, ou de rubis, ou d'émeraudes.

M. GUILLAUME. – Et moi, si j'étais en votre place, j'achèterais une belle tenture[8] de tapisserie de verdure, ou à personnages[9], que je ferais mettre à sa chambre, pour lui réjouir l'esprit et la vue.

AMINTE. – Pour moi, je ne ferais point tant de façons ; et je la marierais fort bien, et le plus tôt que je pourrais, avec cette personne qui vous la fit, dit-on, demander[10] il y a quelque temps.

---

1. ***Mélancolie*** : tristesse profonde.
2. ***L'esprit*** : la raison.
3. ***Cette matière*** : ce sujet.
4. ***Compères*** : amis, compagnons.
5. ***La braverie et l'ajustement*** : les habits et les bijoux somptueux.
6. ***Si j'étais que de vous*** : si j'étais à votre place.
7. ***Garniture*** : parure.
8. ***Tenture*** : pièce de tissu utilisée pour la décoration.
9. ***Tapisserie de verdure, ou à personnages*** : tapisserie qui représente un paysage naturel, ou des personnages.
10. ***Qui vous la fit*** [...] ***demander*** : qui envoya quelqu'un vous demander sa main.

LUCRÈCE. – Et moi, je tiens[1] que votre fille n'est point du tout propre pour[2] le mariage. Elle est d'une complexion[3] trop délicate et trop peu saine, et c'est la vouloir envoyer bientôt en l'autre monde[4] que de l'exposer, comme elle est, à faire des enfants. Le monde n'est point du tout son fait[5], et je vous conseille de la mettre dans un couvent, où elle trouvera des divertissements qui seront mieux de son humeur[6].

SGANARELLE. – Tous ces conseils sont admirables, assurément; mais je les tiens un peu intéressés, et trouve que vous me conseillez fort bien pour vous. Vous êtes orfèvre[7], Monsieur Josse, et votre conseil sent son homme qui a envie de se défaire de sa marchandise. Vous vendez des tapisseries, Monsieur Guillaume, et vous avez la mine[8] d'avoir quelque tenture qui vous incommode[9]. Celui que vous aimez, ma voisine, a, dit-on, quelque inclination[10] pour ma fille, et vous ne seriez pas fâchée de la voir la femme d'un autre. Et quant à vous, ma chère nièce, ce n'est pas mon dessein[11], comme on sait, de marier ma fille avec qui que ce soit, et j'ai mes

---

1. ***Je tiens*** : je crois. De même, plus loin, « je les tiens un peu intéressés » signifie « je les crois un peu intéressés ».
2. ***Propre pour*** : faite pour.
3. ***Complexion*** : ici, constitution.
4. ***L'autre monde*** : la mort.
5. ***Le monde n'est point du tout son fait*** : elle n'est pas faite pour vivre en société.
6. ***De son humeur*** : adaptés à son tempérament.
7. ***Orfèvre*** : artisan qui fabrique des bijoux.
8. ***Vous avez la mine*** : vous avez l'air.
9. ***Qui vous incommode*** : que vous ne parvenez pas à vendre.
10. ***A* [...] *quelque inclination*** : éprouve de l'amour.
11. ***Dessein*** : intention.

raisons pour cela ; mais le conseil que vous me donnez de la faire religieuse est d'une femme qui pourrait bien souhaiter charitablement d'être mon héritière universelle[1]. Ainsi, Messieurs et Mesdames, quoique tous vos conseils soient les meilleurs du monde, vous trouverez bon, s'il vous plaît, que je n'en suive aucun. Voilà de mes donneurs de conseils à la mode[2].

Scène 2

LUCINDE, SGANARELLE

SGANARELLE. – Ah ! voilà ma fille qui prend l'air. Elle ne me voit pas ; elle soupire ; elle lève les yeux au ciel. Dieu vous garde ! Bonjour, ma mie[3]. Hé bien ! qu'est-ce ? Comme vous en va[4] ? Hé ! quoi ? toujours triste et mélancolique comme cela, et tu ne veux pas me dire ce que tu as. Allons donc, découvre-moi ton petit cœur. Là, ma pauvre mie, dis, dis ; dis tes petites pensées à ton petit papa mignon. Courage ! Veux-tu que je te baise[5] ? Viens. J'enrage de la voir de cette humeur-là. Mais, dis-moi, me veux-tu faire mourir de déplaisir[6] et ne puis-je savoir d'où vient

---

1. ***Héritière universelle*** : seule héritière.
2. ***Conseils à la mode*** : conseils intéressés.
3. ***Ma mie*** : mon amie, et, plus spécifiquement ici, ma chérie (terme affectif).
4. ***Comme vous en va ?*** : comment cela va-t-il ?
5. ***Que je te baise*** : que je t'embrasse.
6. ***Déplaisir*** : chagrin.

cette grande langueur[1] ? Découvre-m'en la cause, et je te promets que je ferai toutes choses pour toi. Oui, tu n'as qu'à me dire le sujet de ta tristesse ; je t'assure ici, et te fais serment[2] qu'il n'y a rien que je ne fasse pour te satisfaire : c'est tout dire. Est-ce que tu es jalouse de quelqu'une de tes compagnes que tu voies plus brave que toi[3] ? Et serait-il[4] quelque étoffe[5] nouvelle dont tu voulusses avoir un habit ? Non. Est-ce que ta chambre ne te semble pas assez parée[6], et que tu souhaiterais quelque cabinet[7] de la foire Saint-Laurent[8] ? Ce n'est pas cela. Aurais-tu envie d'apprendre quelque chose ? et veux-tu que je te donne un maître pour te montrer à jouer du clavecin[9] ? Nenni[10]. Aimerais-tu quelqu'un, et souhaiterais-tu d'être mariée ?

Lucinde lui fait signe que c'est cela.

---

1. ***Langueur*** : affaiblissement moral et physique.
2. ***Fais serment*** : promets.
3. ***Plus brave que toi*** : parée de plus beaux habits que toi.
4. ***Serait-il ?*** : y aurait-il ?
5. ***Étoffe*** : tissu.
6. ***Parée*** : décorée.
7. ***Cabinet*** : meuble à tiroirs en bois précieux où l'on range des bijoux ou des papiers.
8. La ***foire Saint-Laurent*** était un marché en plein air qui se tenait une fois par an à Paris. Elle était spécialisée dans les boutiques de luxe.
9. ***Clavecin*** : ancêtre du piano.
10. ***Nenni*** : non.

Scène 3

LISETTE, SGANARELLE, LUCINDE

LISETTE. – Hé bien ! Monsieur, vous venez d'entretenir[1] votre fille. Avez-vous su la cause de sa mélancolie ?

SGANARELLE. – Non. C'est une coquine qui me fait enrager.

LISETTE. – Monsieur, laissez-moi faire, je m'en vais la sonder[2] un peu.

SGANARELLE. – Il n'est pas nécessaire ; et puisqu'elle veut être de cette humeur, je suis d'avis qu'on l'y laisse.

LISETTE. – Laissez-moi faire, vous dis-je. Peut-être qu'elle se découvrira plus librement à moi qu'à vous. Quoi ? Madame, vous ne nous direz point ce que vous avez, et vous voulez affliger[3] ainsi tout le monde ? Il me semble qu'on n'agit point comme vous faites, et que, si vous avez quelque répugnance à vous expliquer à un père, vous n'en devez avoir aucune à me découvrir votre cœur. Dites-moi, souhaitez-vous quelque chose de lui[4] ? Il nous a dit plus d'une fois qu'il n'épargnerait rien[5] pour vous contenter. Est-ce qu'il ne vous donne pas toute la liberté que vous souhaiteriez, et les promenades et les cadeaux ne tenteraient-ils point votre âme ? Heu. Avez-vous reçu quelque déplaisir de quelqu'un ? Heu. N'auriez-vous point quelque secrète inclination, avec qui vous souhaiteriez que votre père vous mariât ? Ah ! Je vous entends[6].

---

1. ***D'entretenir*** : de parler avec.
2. ***La sonder*** : l'interroger.
3. ***Affliger*** : faire souffrir.
4. Le pronom désigne Sganarelle.
5. ***Il n'épargnerait rien*** : il mettrait tout en œuvre.
6. ***Je vous entends*** : je comprends le mystère que vous faisiez.

Voilà l'affaire. Que diable ! Pourquoi tant de façons ? Monsieur, le mystère est découvert, et…

SGANARELLE *(l'interrompant)*. – Va, fille ingrate, je ne te veux plus parler, et je te laisse dans ton obstination.

LUCINDE. – Mon père, puisque vous voulez que je vous dise la chose…

SGANARELLE. – Oui, je perds toute l'amitié[1] que j'avais pour toi.

LISETTE. – Monsieur, sa tristesse…

SGANARELLE. – C'est une coquine qui me veut faire mourir.

LUCINDE. – Mon père, je veux bien…

SGANARELLE. – Ce n'est pas la récompense de t'avoir élevée comme j'ai fait.

LISETTE. – Mais, Monsieur…

SGANARELLE. – Non, je suis contre elle dans une colère épouvantable.

LUCINDE. – Mais, mon père…

SGANARELLE. – Je n'ai plus aucune tendresse pour toi.

LISETTE. – Mais…

SGANARELLE. – C'est une friponne[2].

LUCINDE. – Mais…

SGANARELLE. – Une ingrate[3].

LISETTE. – Mais…

SGANARELLE. – Une coquine, qui ne me veut pas dire ce qu'elle a.

LISETTE. – C'est un mari qu'elle veut.

SGANARELLE *(faisant semblant de ne pas entendre)*. – Je l'abandonne.

---

1. ***Amitié*** : amour.
2. ***Friponne*** : personne qui n'a ni honneur ni foi, malhonnête.
3. ***Ingrate*** : personne qui n'est pas reconnaissante des bienfaits qu'elle a reçus.

LISETTE. – Un mari.
SGANARELLE. – Je la déteste.
LISETTE. – Un mari.
SGANARELLE. – Non, ne m'en parlez point.
LISETTE. – Un mari.
SGANARELLE. – Ne m'en parlez point.
LISETTE. – Un mari, un mari, un mari.

Scène 4

LISETTE, LUCINDE

LISETTE. – On dit bien vrai : qu'il n'y a point de pires sourds que ceux qui ne veulent point entendre.

LUCINDE. – Hé bien ! Lisette, j'avais tort de cacher mon déplaisir et je n'avais qu'à parler pour avoir tout ce que je souhaitais de mon père ! Tu le vois.

LISETTE. – Par ma foi ! Voilà un vilain homme ; et je vous avoue que j'aurais un plaisir extrême à lui jouer quelque tour. Mais d'où vient donc, Madame, que jusqu'ici vous m'avez caché votre mal ?

LUCINDE. – Hélas ! de quoi m'aurait servi de te le découvrir plus tôt ? Et n'aurais-je pas autant gagné à le tenir caché toute ma vie ? Crois-tu que je n'aie pas bien prévu tout ce que tu vois maintenant, que je ne susse pas à fond[1] tous les sentiments de mon père, et que le refus qu'il a

1. ***Que je ne susse pas à fond*** : que je ne connusse (imparfait du subjonctif du verbe « connaître », à la première personne du singulier) pas parfaitement.

fait porter à celui qui m'a demandée par un ami[1] n'ait pas étouffé dans mon âme toute sorte d'espoir ?

LISETTE. – Quoi ? C'est cet inconnu qui vous a fait demander, pour qui vous…

LUCINDE. – Peut-être n'est-il pas honnête à une fille de s'expliquer si librement ; mais enfin je t'avoue que, s'il m'était permis de vouloir quelque chose, ce serait lui que je voudrais. Nous n'avons eu ensemble aucune conversation, et sa bouche ne m'a point déclaré la passion qu'il a pour moi ; mais, dans tous les lieux où il m'a pu voir, ses regards et ses actions m'ont toujours parlé si tendrement, et la demande qu'il a fait faire de moi m'a paru d'un si honnête homme que mon cœur n'a pu s'empêcher d'être sensible à ses ardeurs[2] ; et cependant tu vois où la dureté de mon père réduit toute cette tendresse.

LISETTE. – Allez, laissez-moi faire. Quelque sujet que j'aie de me plaindre de vous du secret que vous m'avez fait, je ne veux pas laisser de[3] servir votre amour ; et pourvu que vous ayez assez de résolution[4]…

LUCINDE. – Mais que veux-tu que je fasse contre l'autorité d'un père ? Et s'il est inexorable à mes vœux[5] …

LISETTE. – Allez, allez, il ne faut pas se laisser mener comme un oison[6] ; et, pourvu que l'honneur n'y soit pas offensé, on peut se libérer un peu de la tyrannie d'un père. Que

---

1. ***Celui qui m'a demandée par un ami*** : l'homme qui a demandé ma main par l'intermédiaire d'un ami.
2. ***Ardeurs*** : passion amoureuse.
3. ***Laisser de*** : arrêter de.
4. ***Résolution*** : volonté.
5. ***Inexorable à mes vœux*** : insensible à mes désirs.
6. ***Oison*** : petit de l'oie.

prétend-il que vous fassiez ? N'êtes-vous pas en âge d'être mariée ? Et croit-il que vous soyez de marbre[1] ? Allez, encore un coup, je veux servir votre passion ; je prends, dès à présent, sur moi tout le soin de ses intérêts[2], et vous verrez que je sais des détours[3]... Mais je vois votre père. Rentrons, et me laissez[4] agir.

Scène 5

SGANARELLE, *seul*

SGANARELLE. – Il est bon quelquefois de ne point faire semblant[5] d'entendre les choses qu'on n'entend que trop bien ; et j'ai fait sagement de parer[6] la déclaration d'un désir que je ne suis pas résolu de[7] contenter. A-t-on jamais rien vu de plus tyrannique que cette coutume où l'on veut assujettir les pères[8] ? Rien de plus impertinent[9] et de plus ridicule que d'amasser du bien[10] avec

---

1. ***De marbre*** : faite de marbre, c'est-à-dire dénuée de sentiments.
2. ***Je prends*** [...] ***sur moi tout le soin de ses intérêts*** : je m'occupe de tout.
3. ***Détours*** : moyens détournés d'obtenir ce qu'on veut.
4. ***Me laissez*** : laissez-moi.
5. ***Faire semblant*** : avoir l'air.
6. ***Parer*** : éviter.
7. ***Résolu de*** : décidé à.
8. Sganarelle parle du mariage : au XVIIe siècle, la coutume voulait que le père de la mariée offrît une somme d'argent, la dot, à l'époux.
9. ***Impertinent*** : insensé.
10. ***Du bien*** : de la fortune.

de grands travaux[1], et élever une fille avec beaucoup de soin et de tendresse, pour se dépouiller de l'un et de l'autre entre les mains d'un homme qui ne nous touche de rien[2] ? Non, non : je me moque de cet usage, et je veux garder mon bien et ma fille pour moi.

Scène 6

LISETTE, SGANARELLE

LISETTE. – Ah ! malheur ! Ah ! disgrâce ! Ah ! pauvre seigneur Sganarelle ! où pourrai-je te rencontrer ?

SGANARELLE. – Que dit-elle là ?

LISETTE. – Ah ! misérable père ! que feras-tu, quand tu sauras cette nouvelle ?

SGANARELLE. – Que sera-ce[3] ?

LISETTE. – Ma pauvre maîtresse !

SGANARELLE. – Je suis perdu.

LISETTE. – Ah !

SGANARELLE. – Lisette.

LISETTE. – Quelle infortune[4] !

SGANARELLE. – Lisette.

LISETTE. – Quel accident !

SGANARELLE. – Lisette.

---

1. ***Avec de grands travaux*** : en faisant de gros efforts, en se fatiguant beaucoup.
2. ***Qui ne nous touche de rien*** : qui n'est rien pour nous.
3. ***Que sera-ce*** : de quoi s'agit-il?
4. ***Infortune*** : malheur.

LISETTE. – Quelle fatalité !

SGANARELLE. – Lisette.

LISETTE. – Ah ! Monsieur !

SGANARELLE. – Qu'est-ce ?

LISETTE. – Monsieur.

SGANARELLE. – Qu'y a-t-il ?

LISETTE. – Votre fille.

SGANARELLE. – Ah ! Ah !

LISETTE. – Monsieur, ne pleurez donc point comme cela ; car vous me feriez rire.

SGANARELLE. – Dis donc vite.

LISETTE. – Votre fille, toute saisie[1] des paroles que vous lui avez dites et de la colère effroyable où elle vous a vu contre elle, est montée vite dans sa chambre, et pleine de désespoir, a ouvert la fenêtre qui regarde sur la rivière.

SGANARELLE. – Hé bien ?

LISETTE. – Alors, levant les yeux au ciel : « Non, a-t-elle dit, il m'est impossible de vivre avec le courroux de mon père, et puisqu'il me renonce pour sa fille, je veux mourir. »

SGANARELLE. – Elle s'est jetée ?

LISETTE. – Non, Monsieur ; elle a fermé tout doucement la fenêtre, et s'est allée mettre sur son lit. Là elle s'est prise[2] à pleurer amèrement ; et tout d'un coup son visage a pâli, ses yeux se sont tournés, le cœur lui a manqué, et elle m'est demeurée entre les bras.

SGANARELLE. – Ah ! ma fille !

LISETTE. – À force de la tourmenter[3], je l'ai fait revenir[4] ;

1. ***Saisie*** : bouleversée.
2. ***S'est prise*** : s'est mise.
3. ***Tourmenter*** : secouer.
4. ***Revenir*** : retrouver ses esprits.

mais cela lui reprend de moment en moment, et je crois qu'elle ne passera pas la journée.

SGANARELLE. – Champagne, Champagne, Champagne, vite, qu'on m'aille quérir[1] des médecins, et en quantité : on n'en peut trop avoir dans une pareille aventure. Ah ! ma fille ! ma pauvre fille !

Premier entracte

Champagne, en dansant, frappe aux portes de quatre médecins, qui dansent et entrent avec cérémonie chez le père de la malade.

1. ***Quérir*** : ici, chercher.

Acte II

Scène 1

SGANARELLE, LISETTE

LISETTE. – Que voulez-vous donc faire, Monsieur, de quatre médecins ? N'est-ce pas assez d'un pour tuer une personne ?

SGANARELLE. – Taisez-vous. Quatre conseils valent mieux qu'un.

LISETTE. – Est-ce que votre fille ne peut pas bien mourir sans le secours de ces messieurs-là ?

SGANARELLE. – Est-ce que les médecins font mourir ?

LISETTE. – Sans doute[1] ; et j'ai connu un homme qui prouvait, par bonnes raisons, qu'il ne faut jamais dire : « Une telle personne est morte d'une fièvre et d'une fluxion[2] sur la poitrine » ; mais : « Elle est morte de[3] quatre médecins et de deux apothicaires[4]. »

SGANARELLE. – Chut. N'offensez pas ces messieurs-là.

LISETTE. – Ma foi ! Monsieur, notre chat est réchappé[5]

1. ***Sans doute*** : ici, bien sûr.
2. ***Fluxion*** : afflux de sang.
3. ***De*** : à cause de.
4. ***Apothicaires*** : pharmaciens.
5. ***Réchappé*** : rétabli.

depuis peu d'un saut qu'il fit du haut de la maison dans la rue ; et il fut trois jours sans manger, et sans pouvoir remuer ni pied ni patte ; mais il est bien heureux de ce qu'il n'y a point de chats médecins, car ses affaires étaient faites, et ils n'auraient pas manqué de le purger[1] et de le saigner[2].

SGANARELLE. – Voulez-vous vous taire ? vous dis-je. Mais voyez quelle impertinence ! Les voici.

LISETTE. – Prenez garde, vous allez être bien édifié[3] : ils vous diront en latin[4] que votre fille est malade.

Scène 2

MM. TOMÈS, DES FONANDRÈS, MACROTON ET BAHYS, *médecins*
SGANARELLE, LISETTE

SGANARELLE. – Hé bien, Messieurs ?

M. TOMÈS. – Nous avons vu suffisamment la malade, et sans doute qu'il y a beaucoup d'impuretés en elle.

SGANARELLE. – Ma fille est impure ?

M. TOMÈS. – Je veux dire qu'il y a beaucoup d'impuretés dans son corps, quantité d'humeurs corrompues[5].

---

1. ***Le purger*** : nettoyer son corps des substances malsaines qu'il pouvait contenir, par des médicaments généralement pris par la bouche.
2. ***Le saigner*** : lui tirer du sang en lui ouvrant les veines.
3. ***Édifié*** : instruit.
4. Le latin était la langue parlée par les savants.
5. ***Humeurs corrompues*** : liquides organiques viciés, c'est-à-dire sources de maladies.

SGANARELLE. – Ah ! je vous entends.

M. TOMÈS. – Mais… nous allons consulter ensemble.

SGANARELLE. – Allons, faites donner des sièges.

LISETTE. – Ah ! Monsieur, vous en êtes[1] ?

SGANARELLE. – De quoi[2] donc connaissez-vous Monsieur ?

LISETTE. – De l'avoir vu l'autre jour chez la bonne amie de Madame votre nièce.

M. TOMÈS. – Comment se porte son cocher ?

LISETTE. – Fort bien : il est mort.

M. TOMÈS. – Mort !

LISETTE. – Oui.

M. TOMÈS. – Cela ne se peut.

LISETTE. – Je ne sais si cela se peut ; mais je sais bien que cela est.

M. TOMÈS. – Il ne peut pas être mort, vous dis-je.

LISETTE. – Et moi je vous dis qu'il est mort et enterré.

M. TOMÈS. – Vous vous trompez.

LISETTE. – Je l'ai vu.

M. TOMÈS. – Cela est impossible. Hippocrate[3] dit que ces sortes de maladies ne se terminent qu'au quatorze, ou au vingt-un[4] ; et il n'y a que six jours qu'il est tombé malade.

LISETTE. – Hippocrate dira ce qu'il lui plaira ; mais le cocher est mort.

---

1. ***Vous en êtes ?*** : vous faites partie des médecins convoqués par Sganarelle ?
2. ***De quoi*** : comment ?
3. ***Hippocrate*** : médecin grec de l'Antiquité (v. 460-v. 377 av. J.-C.), considéré comme le père de la médecine.
4. ***Au quatorze ou au vingt-et-un*** : au quatorzième ou au vingt-et-unième jour après leur déclenchement.

© Photo Cosimo Mirco Magliocca

■ Sganarelle (Nicolas Lormeau), entouré de Lisette (Cécile Brune) et des quatre médecins, dans *L'Amour médecin* à la Comédie-Française en 2005 (mise en scène Jean-Marie Villégier et Jonathan Duverger).

SGANARELLE. – Paix ! discoureuse[1] ; allons, sortons d'ici. Messieurs, je vous supplie de consulter de la bonne manière. Quoique ce ne soit pas la coutume de payer auparavant, toutefois, de peur que je l'oublie, et afin que ce soit une affaire faite, voici…

Il les paye, et chacun, en recevant l'argent, fait un geste différent.

Scène 3

MM. DES FONANDRÈS, TOMÈS, MACROTON ET BAHYS

Ils s'asseyent et toussent.

M. DES FONANDRÈS. – Paris est étrangement grand, et il faut faire de longs trajets quand la pratique donne un peu[2].

M. TOMÈS. – Il faut avouer que j'ai une mule admirable pour cela, et qu'on a peine à croire le chemin que je lui fais faire tous les jours.

M. DES FONANDRÈS. – J'ai un cheval merveilleux, et c'est un animal infatigable.

M. TOMÈS. – Savez-vous le chemin que ma mule a fait aujourd'hui ? J'ai été premièrement tout contre[3] l'Arsenal ; de l'Arsenal, au bout du faubourg Saint-Germain ; du faubourg Saint-Germain, au fond du Marais ; du fond du Marais, à la porte Saint-Honoré ; de la porte

1. ***Discoureuse*** : femme qui dit des bêtises.
2. ***Quand la pratique donne un peu*** : quand il y a de nombreux patients.
3. ***Tout contre*** : à proximité de.

Saint-Honoré, au faubourg Saint-Jacques ; du faubourg Saint-Jacques, à la porte de Richelieu ; de la porte de Richelieu, ici ; et d'ici, je dois aller encore à la place Royale[1].

M. DES FONANDRÈS. – Mon cheval a fait tout cela aujourd'hui ; et de plus, j'ai été à Ruel[2] voir un malade.

M. TOMÈS. – Mais, à propos, quel parti prenez-vous dans la querelle des deux médecins Théophraste et Artémius ? car c'est une affaire qui partage tout notre corps[3].

M. DES FONANDRÈS. – Moi, je suis pour Artémius.

M. TOMÈS. – Et moi aussi. Ce n'est pas que son avis, comme on a vu, n'ait tué le malade, et que celui de Théophraste ne fût beaucoup meilleur assurément ; mais enfin il a tort dans les circonstances[4], et il ne devait pas être d'un autre avis que son ancien[5]. Qu'en dites-vous ?

M. DES FONANDRÈS. – Sans doute. Il faut toujours garder les formalités[6], quoi qu'il puisse arriver.

M. TOMÈS. – Pour moi, j'y suis sévère en diable[7], à moins que ce soit entre amis ; et l'on nous assembla un jour, trois de nous autres, avec un médecin de dehors[8], pour

---

1. L'***Arsenal***, le ***faubourg Saint-Germain***, le ***Marais***, la ***porte Saint-Honoré***, le ***faubourg Saint-Jacques***, la ***porte de Richelieu*** et la ***place Royale*** sont différents quartiers de Paris ou de sa périphérie proche.

2. ***Ruel*** : ville de la région parisienne.

3. ***Notre corps*** : la corporation des médecins.

4. ***Dans les circonstances*** : en ce qui concerne le protocole, la manière de rendre son diagnostic.

5. ***Son ancien*** : son aîné, qui a obtenu le premier son grade de docteur.

6. ***Garder les formalités*** : respecter les conventions.

7. ***J'y suis sévère en diable*** : j'y attache beaucoup d'importance.

8. ***Un médecin de dehors*** : un médecin qui n'a pas été formé à la faculté de Paris.

une consultation, où j'arrêtai toute l'affaire, et ne voulus point endurer[1] qu'on opinât[2], si les choses n'allaient dans l'ordre. Les gens de la maison faisaient ce qu'ils pouvaient et la maladie pressait ; mais je n'en voulus point démordre[3], et la malade mourut bravement pendant cette contestation.

M. DES FONANDRÈS. – C'est fort bien fait d'apprendre aux gens à vivre, et de leur montrer leur bec jaune[4].

M. TOMÈS. – Un homme mort n'est qu'un homme mort, et ne fait point de conséquence[5] ; mais une formalité négligée porte un notable préjudice[6] à tout le corps des médecins.

Scène 4

SGANARELLE, MM. TOMÈS, DES FONANDRÈS, MACROTON ET BAHYS

SGANARELLE. – Messieurs, l'oppression[7] de ma fille augmente : je vous prie de me dire vite ce que vous avez résolu.

---

1. ***Endurer*** : accepter.
2. ***Opinât*** : approuvât le diagnostic de ce médecin.
3. ***Démordre*** : changer d'avis.
4. ***Leur montrer leur bec jaune*** : leur montrer qu'ils sont ignorants – par allusion à la couleur du bec des jeunes oiseaux.
5. ***Ne fait point de conséquence*** : n'a pas de conséquence.
6. ***Notable préjudice*** : grave dommage.
7. ***Oppression*** : maladie.

M. TOMÈS. – Allons, Monsieur.

M. DES FONANDRÈS. – Non, Monsieur, parlez, s'il vous plaît.

M. TOMÈS. – Vous vous moquez.

M. DES FONANDRÈS. – Je ne parlerai pas le premier.

M. TOMÈS. – Monsieur.

M. DES FONANDRÈS. – Monsieur.

SGANARELLE. – Hé! de grâce[1], Messieurs, laissez toutes ces cérémonies[2], et songez que les choses pressent[3].

M. TOMÈS *(ils parlent tous quatre ensemble)*. – La maladie de votre fille…

M. DES FONANDRÈS. – L'avis de tous ces messieurs tous ensemble…

M. MACROTON. – Après avoir bien consulté…

M. BAHYS. – Pour raisonner[4]…

SGANARELLE. – Hé! Messieurs, parlez l'un après l'autre, de grâce.

M. TOMÈS. – Monsieur, nous avons raisonné sur la maladie de votre fille, et mon avis, à moi, est que cela procède d'[5]une grande chaleur de sang : ainsi je conclus à la saigner le plus tôt que vous pourrez.

M. DES FONANDRÈS. – Et moi, je dis que sa maladie est une pourriture d'humeurs, causée par une trop grande réplétion[6] : ainsi je conclus à lui donner de l'émétique[7].

---

1. ***De grâce*** : s'il vous plaît.
2. ***Cérémonies*** : politesses.
3. ***Pressent*** : sont urgentes.
4. ***Raisonner*** : réfléchir.
5. ***Procède d'*** : provient, tire son origine de.
6. ***Réplétion :*** excès d'humeurs et de sang dans un organe.
7. ***Émétique*** : médicament qui provoque le vomissement.

M. TOMÈS. – Je soutiens que l'émétique la tuera.

M. DES FONANDRÈS. – Et moi, que la saignée la fera mourir.

M. TOMÈS. – C'est bien à vous de faire l'habile homme[1].

M. DES FONANDRÈS. – Oui, c'est à moi ; et je vous prêterai le collet[2] en tout genre d'érudition[3].

M. TOMÈS. – Souvenez-vous de l'homme que vous fîtes crever[4] ces jours passés.

M. DES FONANDRÈS. – Souvenez-vous de la dame que vous avez envoyée en l'autre monde, il y a trois jours.

M. TOMÈS. – Je vous ai dit mon avis.

M. DES FONANDRÈS. – Je vous ai dit ma pensée.

M. TOMÈS. – Si vous ne faites saigner tout à l'heure[5] votre fille, c'est une personne morte.

M. DES FONANDRÈS. – Si vous la faites saigner, elle ne sera pas en vie dans un quart d'heure.

Scène 5

SGANARELLE, MM. MACROTON ET BAHYS

SGANARELLE. – À qui croire des deux ? et quelle résolution prendre sur des avis si opposés ? Messieurs, je vous

1. ***L'habile homme*** : l'intelligent.
2. ***Je vous prêterai le collet*** : je rivaliserai avec vous, je vous tiendrai tête.
3. ***En tout genre d'érudition*** : sur tous les sujets savants.
4. ***Crever*** : mourir.
5. ***Tout à l'heure*** : tout de suite.

conjure de déterminer[1] mon esprit, et de me dire, sans passion, ce que vous croyez le plus propre à soulager ma fille.

M. MACROTON *(il parle en allongeant ses mots)*. – Mon-si-eur. dans. ces. ma-ti-è-res-là. il. faut. pro-cé-der. a-vec-que. cir-con-spec-tion[2]. et. ne. ri-en. fai-re. com-me. on. dit. à. la. vo-lée[3]. d'au-tant. que. les. fau-tes. qu'on. y. peut. fai-re. sont. se-lon. no-tre. maî-tre. Hip-po-cra-te. d'u-ne. dan-ge-reu-se. con-sé-quen-ce.

M. BAHYS *(celui-ci parle toujours en bredouillant)*. – Il est vrai, il faut bien prendre garde à ce que l'on fait ; car ce ne sont pas ici des jeux d'enfant, et quand on a failli[4], il n'est pas aisé de réparer le manquement[5] et de rétablir[6] ce qu'on a gâté[7] : *experimentum periculosum*[8]. C'est pourquoi il s'agit de raisonner auparavant comme il faut, de peser mûrement les choses, de regarder le tempérament des gens, d'examiner les causes de la maladie, et de voir les remèdes qu'on y doit apporter.

SGANARELLE. – L'un va en tortue, et l'autre court la poste[9].

M. MACROTON. – Or. Mon-si-eur. pour. ve-nir. au. fait. je. trou-ve. que. vo-tre. fil-le. a. u-ne. ma-la-die. chro-ni-que[10].

---

1. *Déterminer* : éclairer.
2. *Circonspection* : prudence.
3. *À la volée* : trop rapidement.
4. *On a failli* : on s'est trompé.
5. *Manquement* : erreur.
6. *Rétablir* : guérir.
7. *Ce qu'on a gâté* : l'état qu'on a aggravé.
8. *Experimentum periculosum* : « l'expérience est dangereuse », en latin. Célèbre formule d'Hippocrate.
9. *Court la poste* : va très vite.
10. *Chronique* : qui dure longtemps, qui se développe lentement.

et. qu'el-le. peut. pé-ri-cli-ter[1]. si. on. ne. lui. don-ne. du. se-cours. d'au-tant. que. les. sym-ptô-mes. qu'el-le. a. sont. in-di-ca-tifs. d'u-ne. va-peur[2]. fu-li-gi-neu-se. et. mor-di-can-te[3]. qui. lui. pi-co-te. les. mem-bra-nes. du. cer-veau. Or. cet-te. va-peur. que. nous. nom-mons. en. grec. *at-mos.* est. cau-sé-e. par. des. hu-meurs. pu-tri-des[4]. te-na-ces[5]. et. con-glu-ti-neu-ses[6]. qui. sont. con-te-nues. dans. le. bas-ven-tre.

M. BAHYS. – Et comme ces humeurs ont été là engendrées par une longue succession de temps, elles s'y sont recuites et ont acquis cette malignité[7] qui fume vers la région du cerveau.

M. MACROTON. – Si. bi-en. donc, que. pour. ti-rer. dé-ta-cher. ar-ra-cher. ex-pul-ser. é-va-cuer. les-di-tes. hu-meurs. il. fau-dra. u-ne. pur-ga-tion. vi-gou-reu-se. Mais. au. pré-a-la-ble. je. trou-ve. à. pro-pos. et. il. n'y. a. pas. d'in-con-vé-ni-ent. d'u-ser. de. pe-tits. re-mè-des. a-no-dins[8]. c'est-à-dire. de. pe-tits. la-vements[9]. ré-mol-li-ents. et. dé-ter-sifs[10]. de.

---

1. ***Pericliter*** : mourir.
2. ***Vapeur*** : émanation provenant des humeurs (voir note 5, p. 51) et montant au cerveau, qu'on supposait être la source de malaise.
3. ***Fuligineuse et mordicante*** : noire comme la suie (ou qui contient de la suie) et irritante. Ce sont des termes techniques dérivés du latin.
4. ***Putrides*** : qui pourrissent.
5. ***Tenaces*** : visqueuses, qui s'accrochent à l'organe sans qu'on puisse les en détacher.
6. ***Conglutineuses*** : gluantes, visqueuses. Ce terme, que l'on ne trouve pas dans les dictionnaires du XVIIe siècle, est peut-être inventé par Molière.
7. ***Malignité*** : nocivité, dangerosité.
8. ***Anodins*** : sans douleur.
9. ***Lavements*** : opérations médicales qui consistent à vider les intestins.
10. ***Rémolients et détersifs*** : faits pour amollir et pour nettoyer. Termes techniques.

ju-leps[1]. et. de. si-rops. ra-fraî-chis-sants.qu'on. mê-le-ra. dans. sa. ti-sa-ne.

M. BAHYS. – Après, nous en viendrons à la purgation, et à la saignée que nous réitérerons[2], s'il en est besoin.

M. MACROTON. – Ce. n'est. pas. qu'a-vec. tout. ce-la. vo-tre. fil-le. ne. puis-se. mou-rir. mais. au. moins. vous. au-rez. fait. quel-que. cho-se. et. vous. au-rez. la. con-so-la-tion. qu'el-le. se-ra. mor-te. dans. les. for-mes[3].

M. BAHYS. – Il vaut mieux mourir selon les règles que de réchapper[4] contre les règles.

M. MACROTON. – Nous. vous. di-sons. sin-cè-re-ment. no-tre. pen-sée.

M. BAHYS. – Et nous avons parlé comme nous parlerions à notre propre frère.

SGANARELLE *(à M. Macroton)*. – Je. vous. rends. très-hum-bles. grâ-ces. *(À M. Bahys :)* Et vous suis infiniment obligé[5] de la peine que vous avez prise.

---

1. ***Juleps*** : potion calmante composée d'un mélange d'eau et de sirop.
2. ***Réitérerons*** : recommencerons.
3. ***Dans les formes*** : dans les règles, c'est-à-dire comme il convient de mourir.
4. ***Réchapper*** : échapper à la mort, guérir.
5. ***Obligé*** : reconnaissant.

Scène 6

SGANARELLE, *seul*

SGANARELLE. – Me voilà justement un peu plus incertain que je n'étais auparavant. Morbleu[1] ! Il me vient une fantaisie. Il faut que j'aille acheter de l'orviétan[2], et que je lui en fasse prendre ; l'orviétan est un remède dont beaucoup de gens se sont bien trouvés.

Scène 7

L'OPÉRATEUR[3], SGANARELLE

SGANARELLE. – Holà ! Monsieur, je vous prie de me donner une boîte de votre orviétan, que je m'en vais vous payer.

L'OPÉRATEUR *(chantant)*

L'or de tous les climats[4] qu'entoure l'Océan
Peut-il jamais payer ce secret d'importance ?
Mon remède guérit, par sa rare excellence,
Plus de maux qu'on n'en peut nombrer[5] dans tout un an :

1. ***Morbleu*** : par la mort de Dieu (juron).
2. ***Orviétan*** : remède miracle vendu par les charlatans.
3. ***Opérateur*** : le mot sert à désigner celui qui réalise des opérations de chirurgie ; il s'emploie aussi – comme ici – pour désigner un charlatan, c'est-à-dire un vendeur de remèdes miraculeux installé sur la place publique. Pour attirer la foule, les opérateurs sont parfois accompagnés par une troupe de comédiens.
4. ***Climats*** : régions, pays.
5. ***Nombrer*** : compter.

■ L'opérateur (Michel Favory), de face, vend son remède miracle à Sganarelle (Nicolas Lormeau) dans *L'Amour médecin* à la Comédie-Française en 2005 (mise en scène Jean-Marie Villégier et Jonathan Duverger).

La gale,
La rogne,
La teigne[1]*,*
La fièvre,
La peste,
La goutte[2]*,*
Vérole[3]*,*
Descente[4]*,*
Rougeole,
Ô grande puissance de l'orviétan!

SGANARELLE. – Monsieur, je crois que tout l'or du monde n'est pas capable de payer votre remède ; mais pourtant voici une pièce de trente sols[5] que vous prendrez, s'il vous plaît.

L'OPÉRATEUR *(chantant)*

Admirez mes bontés, et le peu qu'on vous vend
Ce trésor merveilleux que ma main vous dispense[6]*.*
Vous pouvez avec lui braver en assurance[7]
Tous les maux que sur nous l'ire[8] *du Ciel répand :*

---

1. ***Gale***, ***rogne***, ***teigne*** : maladies de peau contagieuses.
2. ***Goutte*** : inflammation douloureuse autour des articulations.
3. ***Vérole*** : maladie éruptive laissant des cicatrices.
4. ***Descente*** : hernie (sortie d'un organe de la cavité qui le contient à l'état normal).
5. Le ***sol*** est une ancienne monnaie. On estime que, à l'époque de Molière, le salaire d'un ouvrier qualifié, de même que le prix d'un mouton, s'élevait à soixante sols.
6. ***Dispense*** : donne.
7. ***En assurance*** : avec assurance.
8. ***Ire*** : colère.

La gale,
La rogne,
La teigne,
La fièvre,
La peste,
La goutte,
Vérole,
Descente,
Rougeole.
Ô grande puissance de l'orviétan!

Deuxième entracte

Plusieurs Trivelins et plusieurs Scaramouches[1]*, valets de l'Opérateur, se réjouissent en dansant.*

1. ***Trivelin*** et ***Scaramouche*** sont des personnages de la *commedia dell'arte*. Ce sont des *zanni*, c'est-à-dire des valets vifs et rusés; le premier porte un costume bariolé, le second un costume entièrement noir. Le pluriel indique que le ballet réunit plusieurs personnages de valet vêtus comme Trivelin et Scaramouche.

Acte III

Scène 1

MM. Filerin, Tomès et des Fonandrès

M. Filerin. – N'avez-vous point de honte, Messieurs, de montrer si peu de prudence, pour des gens de votre âge, et de vous être querellés comme de jeunes étourdis ? Ne voyez-vous pas bien quel tort ces sortes de querelles nous font parmi le monde ? et n'est-ce pas assez que les savants voient les contrariétés et les dissensions[1] qui sont entre nos auteurs et nos anciens maîtres, sans découvrir encore au peuple, par nos débats et nos querelles, la forfanterie[2] de notre art ? Pour moi, je ne comprends rien du tout à cette méchante politique[3] de quelques-uns de nos gens ; et il faut confesser que toutes ces contestations nous ont décriés[4], depuis peu, d'une étrange manière, et que, si nous n'y prenons garde, nous allons nous ruiner nous-mêmes. Je n'en parle pas pour mon intérêt ; car, Dieu merci, j'ai déjà établi mes petites

1. ***Les contrariétés et les dissensions*** : les désaccords.
2. ***Forfanterie*** : caractère mensonger.
3. ***Politique*** : manière d'agir.
4. ***Nous ont décriés*** : nous ont donné mauvaise réputation.

affaires. Qu'il vente, qu'il pleuve, qu'il grêle, ceux qui sont morts sont morts, et j'ai de quoi me passer des vivants ; mais enfin toutes ces disputes ne valent rien pour la médecine. Puisque le Ciel nous fait la grâce que, depuis tant de siècles, on demeure infatué de nous[1], ne désabusons[2] point les hommes avec nos cabales[3] extravagantes, et profitons de leur sottise le plus doucement que nous pourrons. Nous ne sommes pas les seuls, comme vous savez, qui tâchons à nous prévaloir de[4] la faiblesse humaine. C'est là que va l'étude de la plupart du monde, et chacun s'efforce de prendre les hommes par leur faible[5], pour en tirer quelque profit. Les flatteurs, par exemple, cherchent à profiter de l'amour que les hommes ont pour les louanges[6], en leur donnant tout le vain encens[7] qu'ils souhaitent ; et c'est un art où l'on fait, comme on voit, des fortunes considérables. Les alchimistes[8] tâchent à profiter de la passion que l'on a pour les richesses, en promettant des montagnes d'or à ceux qui les écoutent ; et les diseurs d'horoscope, par leurs prédictions trompeuses, profitent de la vanité et de l'ambition des crédules[9] esprits. Mais le plus grand faible des hommes, c'est l'amour qu'ils ont pour la vie ; et nous en profitons, nous autres, par notre pompeux

1. ***On demeure infatué de nous*** : on nous admire de manière excessive.
2. ***Désabusons*** : détrompons.
3. ***Nos cabales*** : nos manœuvres concertées contre les uns et les autres.
4. ***Qui tâchons à nous prévaloir de*** : qui essayons de tirer parti de.
5. ***Faible*** : faiblesse, point faible.
6. ***Louanges*** : compliments.
7. ***Vain encens*** : flatterie vaine (à la fois inutile et flattant la vanité).
8. Les ***alchimistes*** prétendaient savoir transformer les métaux en or.
9. ***Crédules*** : naïfs.

galimatias[1], et savons prendre nos avantages de cette vénération[2] que la peur de mourir leur donne pour notre métier. Conservons-nous donc dans le degré d'estime où leur faiblesse nous a mis, et soyons de concert[3] auprès des malades pour nous attribuer les heureux succès de la maladie[4], et rejeter sur la nature toutes les bévues[5] de notre art. N'allons point, dis-je, détruire sottement les heureuses préventions d'une erreur qui donne du pain à tant de personnes[6].

M. TOMÈS. – Vous avez raison en tout ce que vous dites ; mais ce sont chaleurs de sang[7], dont parfois on n'est pas le maître.

M. FILERIN. – Allons donc, Messieurs, mettez bas[8] toute rancune, et faisons ici votre accommodement[9].

M. DES FONANDRÈS. – J'y consens. Qu'il me passe[10] mon émétique pour la malade dont il s'agit, et je lui passerai tout ce qu'il voudra pour le premier malade dont il sera question[11].

M. FILERIN. – On ne peut pas mieux dire, et voilà se mettre à la raison.

---

1. *Pompeux galimatias* : jargon prétentieux.
2. *Vénération* : admiration.
3. *Soyons de concert* : parlons d'une seule voix, accordons-nous.
4. *Les heureux succès de la maladie* : les guérisons.
5. *Bévues* : erreurs.
6. *Les heureuses préventions d'une erreur qui donne du pain à tant de personnes* : l'opinion favorable née d'une erreur qui permet à beaucoup de gagner leur vie.
7. *Chaleurs de sang* : ici, colères.
8. *Mettez bas* : mettez un terme à.
9. *Accommodement* : réconciliation.
10. *Me passe* : m'accorde.
11. *Le premier malade dont il sera question* : le prochain malade.

M. des Fonandrès. – Cela est fait.

M. Filerin. – Touchez donc là. Adieu. Une autre fois, montrez plus de prudence.

Scène 2

MM. Tomès et des Fonandrès, Lisette

Lisette. – Quoi ? Messieurs, vous voilà, et vous ne songez pas à réparer le tort qu'on vient de faire à la médecine ?

M. Tomès. – Comment ? Qu'est-ce ?

Lisette. – Un insolent qui a eu l'effronterie d'entreprendre sur votre métier[1], et qui, sans votre ordonnance[2], vient de tuer un homme d'un grand coup d'épée au travers du corps.

M. Tomès. – Écoutez, vous faites la railleuse[3], mais vous passerez par nos mains[4] quelque jour.

Lisette. – Je vous permets de me tuer, lorsque j'aurai recours à vous.

1. ***Entreprendre sur votre métier*** : vous faire concurrence.
2. ***Sans votre ordonnance*** : sans que vous l'ayez prescrit.
3. ***Railleuse*** : personne moqueuse.
4. ***Passerez par nos mains*** : aurez affaire à nous.

Scène 3

LISETTE, CLITANDRE

CLITANDRE. – Hé bien ! Lisette, me trouves-tu bien ainsi[1] ?

LISETTE. – Le mieux du monde ; et je vous attendais avec impatience. Enfin le Ciel m'a faite d'un naturel[2] le plus humain du monde, et je ne puis voir deux amants soupirer l'un pour l'autre[3], qu'il ne me prenne une tendresse charitable, et un désir ardent[4] de soulager les maux qu'ils souffrent[5]. Je veux, à quelque prix que ce soit, tirer Lucinde de la tyrannie où elle est, et la mettre en votre pouvoir. Vous m'avez plu d'abord[6] ; je me connais en gens[7], et elle ne peut pas mieux choisir. L'amour risque des choses extraordinaires ; et nous avons concerté[8] ensemble une manière de stratagème, qui pourra peut-être nous réussir. Toutes nos mesures sont déjà prises : l'homme à qui nous avons affaire n'est pas des plus fins[9] de ce monde ; et si cette aventure nous manque[10], nous trouverons mille autres voies pour arriver à notre but. Attendez-moi là seulement, je reviens vous quérir.

---

1. Comme on le comprend ensuite, Clitandre est déguisé en médecin.
2. ***Naturel*** : caractère.
3. ***Soupirer l'un pour l'autre*** : s'aimer.
4. ***Ardent*** : profond.
5. ***Qu'ils souffrent*** : qu'ils endurent.
6. ***D'abord*** : dès le premier instant.
7. ***Je me connais en gens*** : je sais reconnaître à qui j'ai affaire.
8. ***Concerté*** : prévu.
9. ***Fins*** : intelligents.
10. ***Nous manque*** : échoue.

Scène 4

SGANARELLE, LISETTE

LISETTE. – Monsieur, allégresse[1] ! allégresse !

SGANARELLE. – Qu'est-ce ?

LISETTE. – Réjouissez-vous.

SGANARELLE. – De quoi ?

LISETTE. – Réjouissez-vous, vous dis-je.

SGANARELLE. – Dis-moi donc ce que c'est, et puis je me réjouirai peut-être.

LISETTE. – Non : je veux que vous vous réjouissiez auparavant, que vous chantiez, que vous dansiez.

SGANARELLE. – Sur quoi ?

LISETTE. – Sur ma parole.

SGANARELLE. – Allons donc, la lera la la, la lera la. Que diable !

LISETTE. – Monsieur, votre fille est guérie.

SGANARELLE. – Ma fille est guérie !

LISETTE. – Oui, je vous amène un médecin, mais un médecin d'importance, qui fait des cures[2] merveilleuses, et qui se moque des autres médecins…

SGANARELLE. – Où est-il ?

LISETTE. – Je vais le faire entrer.

SGANARELLE. – Il faut voir si celui-ci fera plus que les autres.

1. ***Allégresse*** : joie.
2. ***Cures*** : soins, traitements.

Scène 5

CLITANDRE, *en habit de médecin*, SGANARELLE, LISETTE

LISETTE. – Le voici.

SGANARELLE. – Voilà un médecin qui a la barbe bien jeune.

LISETTE. – La science ne se mesure pas à la barbe, et ce n'est pas par le menton qu'il est habile.

SGANARELLE. – Monsieur, on m'a dit que vous aviez des remèdes admirables pour faire aller à la selle[1].

CLITANDRE. – Monsieur, mes remèdes sont différents de ceux des autres ; ils ont l'émétique, les saignées, les médecines[2] et les lavements ; mais moi, je guéris par des paroles, par des sons, par des lettres, par des talismans[3] et par des anneaux constellés[4].

LISETTE. – Que vous ai-je dit ?

SGANARELLE. – Voilà un grand homme.

LISETTE. – Monsieur, comme votre fille est là tout habillée dans une chaise, je vais la faire passer ici.

SGANARELLE. – Oui, fais.

CLITANDRE *(tâtant le pouls à Sganarelle)*. – Votre fille est bien malade.

SGANARELLE. – Vous connaissez cela ici[5] ?

---

1. ***À la selle*** : aux toilettes.

2. ***Médecines*** : médicaments.

3. ***Talismans*** : objets magiques.

4. ***Anneaux constellés*** : anneaux qui portent la marque de la constellation sous laquelle ils ont été fabriqués, et qui ont une puissance magique.

5. ***Vous connaissez cela ici*** ? : vous pouvez savoir cela en tâtant mon pouls ?

CLITANDRE. – Oui, par la sympathie[1] qu'il y a entre le père et la fille.

Scène 6

LUCINDE, LISETTE, SGANARELLE, CLITANDRE

LISETTE. – Tenez, Monsieur, voilà une chaise auprès d'elle. Allons, laissez-les là tous deux.

SGANARELLE. – Pourquoi ? Je veux demeurer là.

LISETTE. – Vous moquez-vous ? Il faut s'éloigner : un médecin a cent choses à demander qu'il n'est pas honnête qu'un homme entende.

CLITANDRE *(parlant à Lucinde à part)*. – Ah ! Madame, que le ravissement[2] où je me trouve est grand ! et que je sais peu par où vous commencer mon discours ! Tant que je ne vous ai parlé que des yeux, j'avais, ce me semblait, cent choses à vous dire ; et maintenant que j'ai la liberté de vous parler de la façon que je souhaitais, je demeure interdit[3] ; et la grande joie où je suis étouffe toutes mes paroles.

LUCINDE. – Je puis vous dire la même chose, et je sens, comme vous, des mouvements de joie qui m'empêchent de pouvoir parler.

---

1. ***Sympathie*** : ressemblance entre la constitution du père et de la fille, qui fait que lorsque l'un est affecté, l'autre ressent les mêmes troubles.
2. ***Ravissement*** : bonheur.
3. ***Je demeure interdit*** : je ne sais pas quoi dire.

CLITANDRE. – Ah ! Madame, que je serais heureux s'il était vrai que vous sentissiez[1] tout ce que je sens, et qu'il me fût permis de juger de votre âme par la mienne[2] ! Mais, Madame, puis-je au moins croire que ce soit à vous à qui je doive la pensée[3] de cet heureux stratagème qui me fait jouir de votre présence ?

LUCINDE. – Si vous ne m'en devez pas la pensée, vous m'êtes redevable au moins d'en avoir approuvé la proposition avec beaucoup de joie.

SGANARELLE *(à Lisette)*. – Il me semble qu'il lui parle de bien près.

LISETTE *(à Sganarelle)*. – C'est qu'il observe sa physionomie[4] et tous les traits de son visage.

CLITANDRE *(à Lucinde)*. – Serez-vous constante[5], Madame, dans ces bontés que vous me témoignez ?

LUCINDE. – Mais vous, serez-vous ferme dans les résolutions que vous avez montrées ?

CLITANDRE. – Ah ! Madame, jusqu'à la mort. Je n'ai point de plus forte envie que d'être à vous, et je vais le faire paraître dans ce que vous m'allez voir faire.

SGANARELLE. – Hé bien ! notre malade ? Elle me semble un peu plus gaie.

CLITANDRE. – C'est que j'ai déjà fait agir sur elle un de ces remèdes que mon art m'enseigne. Comme l'esprit

---

1. ***Sentissiez*** : imparfait du subjonctif du verbe « sentir », à la deuxième personne du pluriel.

2. ***Juger de votre âme par la mienne*** : connaître vos sentiments d'après les miens.

3. ***Pensée*** : ici, idée.

4. ***Physionomie*** : apparence.

5. ***Constante*** : fidèle, ferme.

a grand empire[1] sur le corps, et que c'est de lui bien souvent que procèdent les maladies, ma coutume est de courir à guérir les esprits, avant que de venir aux corps. J'ai donc observé ses regards, les traits de son visage, et les lignes de ses deux mains ; et par la science que le Ciel m'a donnée, j'ai reconnu que c'était de l'esprit qu'elle était malade, et que tout son mal ne venait que d'une imagination déréglée, d'un désir dépravé[2] de vouloir être mariée. Pour moi, je ne vois rien de plus extravagant et de plus ridicule que cette envie qu'on a du mariage.

SGANARELLE. – Voilà un habile homme !

CLITANDRE. – Et j'ai eu, et aurai pour lui, toute ma vie, une aversion[3] effroyable.

SGANARELLE. – Voilà un grand médecin !

CLITANDRE. – Mais, comme il faut flatter l'imagination des malades, et que j'ai vu en elle de l'aliénation[4] d'esprit, et même qu'il y avait du péril[5] à ne lui pas donner un prompt[6] secours, je l'ai prise par son faible, et lui ai dit que j'étais venu ici pour vous la demander en mariage. Soudain son visage a changé, son teint s'est éclairci, ses yeux se sont animés ; et si vous voulez, pour quelques jours, l'entretenir dans cette erreur, vous verrez que nous la tirerons d'où elle est.

---

1. ***A grand empire*** : exerce un grand pouvoir.
2. ***Dépravé*** : anormal.
3. ***Aversion*** : haine.
4. ***Aliénation*** : folie.
5. ***Péril*** : danger.
6. ***Prompt*** : rapide.

SGANARELLE. – Oui-da[1], je le veux bien.

CLITANDRE. – Après nous ferons agir d'autres remèdes pour la guérir entièrement de cette fantaisie.

SGANARELLE. – Oui, cela est le mieux du monde. Hé bien ! ma fille, voilà Monsieur qui a envie de t'épouser, et je lui ai dit que je le voulais bien.

LUCINDE. – Hélas ! est-il possible ?

SGANARELLE. – Oui.

LUCINDE. – Mais tout de bon ?

SGANARELLE. – Oui, oui.

LUCINDE. – Quoi ? vous êtes dans les sentiments d'[2]être mon mari ?

CLITANDRE. – Oui, Madame.

LUCINDE. – Et mon père y consent ?

SGANARELLE. – Oui, ma fille.

LUCINDE. – Ah ! que je suis heureuse, si cela est véritable !

CLITANDRE. – N'en doutez point. Madame. Ce n'est pas d'aujourd'hui que je vous aime, et que je brûle de[3] me voir votre mari. Je ne suis venu ici que pour cela ; et si vous voulez que je vous dise nettement les choses comme elles sont, cet habit n'est qu'un pur prétexte inventé, et je n'ai fait le médecin que pour m'approcher de vous et obtenir ce que je souhaite.

LUCINDE. – C'est me donner des marques[4] d'un amour bien tendre, et j'y suis sensible autant que je puis.

SGANARELLE. – Oh ! la folle ! Oh ! la folle ! Oh ! la folle !

---

1. ***Oui-da*** : oui, en effet (« da » renforce « oui »).
2. ***Vous êtes dans les sentiments d'*** : vous souhaitez.
3. ***Je brûle de*** : je désire vivement.
4. ***Marques*** : témoignages.

LUCINDE. – Vous voulez donc bien, mon père, me donner Monsieur pour époux ?

SGANARELLE. – Oui. Çà[1], donne-moi ta main. Donnez-moi un peu aussi la vôtre, pour voir.

CLITANDRE. – Mais, Monsieur…

SGANARELLE *(s'essoufflant de rire)*. – Non, non : c'est pour… pour lui contenter l'esprit. Touchez là. Voilà qui est fait.

CLITANDRE. – Acceptez, pour gage de ma foi[2], cet anneau que je vous donne. C'est un anneau constellé, qui guérit les égarements d'esprit[3].

LUCINDE. – Faisons donc le contrat, afin que rien n'y manque.

CLITANDRE. – Hélas ! je le veux bien. Madame. *(À Sganarelle :)* Je vais faire monter l'homme qui écrit mes remèdes, et lui faire croire que c'est un notaire.

SGANARELLE. – Fort bien.

CLITANDRE. – Holà ! faites monter le notaire que j'ai amené avec moi.

LUCINDE. – Quoi ! vous aviez amené un notaire ?

CLITANDRE. – Oui, Madame.

LUCINDE. – J'en suis ravie.

SGANARELLE. – Oh ! la folle ! Oh ! la folle !

1. ***Çà*** : allez.
2. ***Gage de ma foi*** : symbole de ma fidélité.
3. ***Égarements d'esprit*** : moments de folie.

Scène 7

LE NOTAIRE, CLITANDRE, SGANARELLE, LUCINDE, LISETTE

Clitandre parle au Notaire à l'oreille.

SGANARELLE. – Oui, Monsieur, il faut faire un contrat pour ces deux personnes-là. Écrivez. Voilà le contrat qu'on fait : je lui donne vingt mille écus[1] en mariage. Écrivez.

Le Notaire écrit.

LUCINDE. – Je vous suis bien obligée, mon père.

LE NOTAIRE. – Voilà qui est fait : vous n'avez qu'à venir signer.

SGANARELLE. – Voilà un contrat bientôt bâti[2].

CLITANDRE. – Au moins…

SGANARELLE. – Hé ! non, nous dis-je. Sait-on pas bien ? Allons, donnez-lui la plume pour signer. Allons, signe, signe, signe. Va, va, je signerai tantôt, moi.

LUCINDE. – Non, non : je veux avoir le contrat entre mes mains.

SGANARELLE. – Hé bien ! tiens. Es-tu contente ?

LUCINDE. – Plus qu'on ne peut s'imaginer.

SGANARELLE. – Voilà qui est bien, voilà qui est bien.

CLITANDRE. – Au reste, je n'ai pas eu seulement la précaution d'amener un notaire ; j'ai eu celle encore de faire venir des voix[3] et des instruments pour célébrer la fête et pour nous réjouir. Qu'on les fasse venir. Ce sont des gens que

---

1. L'***écu*** est une ancienne monnaie. Un écu valait soixante sols (voir note 5, p. 64).
2. ***Bientôt bâti*** : rédigé rapidement.
3. ***Voix*** : chanteurs.

je mène avec moi, et dont je me sers tous les jours pour pacifier avec leur harmonie les troubles de l'esprit.

Scène dernière

La Comédie, le Ballet et la Musique

Tous trois ensemble

Sans nous tous les hommes
Deviendraient malsains[1]*,*
Et c'est nous qui sommes
Leurs grands médecins.

La Comédie

Veut-on qu'on rabatte,
Par des moyens doux,
Les vapeurs de rate[2]
Qui nous minent[3] *tous ?*
Qu'on laisse Hippocrate,
Et qu'on vienne à nous.

Tous trois ensemble

Sans nous…

Durant qu'ils chantent, et que les Jeux, les Ris et les Plaisirs dansent, Clitandre emmène Lucinde.

---

1. ***Malsains*** : malades.
2. ***Vapeurs de rate*** : exhalaisons qui s'échappent du sang contenu dans la rate vers le cerveau, et qui le troublent.
3. ***Minent*** : rongent.

SGANARELLE. – Voilà une plaisante[1] façon de guérir. Où est donc ma fille et le médecin ?

LISETTE. – Ils sont allés achever le reste du mariage.

SGANARELLE. – Comment, le mariage ?

LISETTE. – Ma foi ! Monsieur, la bécasse est bridée[2], et vous avez cru faire un jeu, qui demeure une vérité.

SGANARELLE *(les danseurs le retiennent et veulent le faire danser de force)*. – Comment, diable ! Laissez-moi aller, laissez-moi aller, vous dis-je. Encore ? Peste des gens !

Fin

1. ***Plaisante*** : amusante.
2. ***La bécasse est bridée*** : vous êtes pris au piège. Une « bécasse bridée » désigne une personne sotte et crédule.

■ *L'Amour médecin* à la Comédie-Française en 2005 (mise en scène Jean-Marie Villégier et Jonathan Duverger).

■ Frontispice de l'édition de 1682 du *Sicilien ou l'Amour peintre*, par P. Brissart (gravure de J. Sauvé).

Le Sicilien
ou l'Amour peintre

LES PERSONNAGES

ADRASTE, *gentilhomme français, amant*[1] *d'Isidore*
DOM PÈDRE, *Sicilien, amant d'Isidore*
ISIDORE, *Grecque, esclave de Dom Pèdre*
CLIMÈNE, *sœur d'Adraste*
HALI, *valet d'Adraste*
LE SÉNATEUR
LES MUSICIENS
TROUPE D'ESCLAVES
TROUPES DE MAURES[2]
DEUX LAQUAIS

1. ***Amant*** : ici, celui qui aime.
2. ***Maures*** : habitants du nord de l'Afrique.

Scène 1

HALI, LES MUSICIENS

HALI *(aux Musiciens)*. – Chut. N'avancez pas davantage, et demeurez dans cet endroit, jusqu'à ce que je vous appelle. Il fait noir comme dans un four : le ciel s'est habillé ce soir en Scaramouche[1] et je ne vois pas une étoile qui montre le bout de son nez. Sotte condition que celle d'un esclave ! de ne vivre jamais pour soi, et d'être toujours tout entier aux passions[2] d'un maître ! de n'être réglé que par ses humeurs, et de se voir réduit à faire ses propres affaires de[3] tous les soucis qu'il peut prendre ! Le mien me fait ici épouser ses inquiétudes : et parce qu'il est amoureux, il faut que, nuit et jour, je n'aie aucun repos. Mais voici des flambeaux, et sans doute c'est lui.

---

1. Le costume de Scaramouche, personnage de la *commedia dell'arte* (voir note 1, p. 65), était entièrement noir.
2. ***Être*** […] ***aux passions*** : devoir aider les passions.
3. ***Faire ses propres affaires de*** : prendre en charge.

Scène 2

ADRASTE ET DEUX LAQUAIS, HALI

ADRASTE. – Est-ce toi, Hali ?

HALI. – Et qui pourrait-ce être que moi[1] ? À ces heures de nuit, hors[2] vous et moi, Monsieur, je ne crois pas que personne s'avise de courir maintenant les rues.

ADRASTE. – Aussi ne crois-je pas qu'on puisse voir personne qui sente dans son cœur la peine que je sens. Car, enfin, ce n'est rien d'avoir à combattre l'indifférence ou les rigueurs[3] d'une beauté qu'on aime : on a toujours au moins le plaisir de la plainte et la liberté des soupirs ; mais ne pouvoir trouver aucune occasion de parler à ce qu'on adore, ne pouvoir savoir d'une belle si l'amour qu'inspirent ses yeux est pour lui plaire ou lui déplaire[4], c'est la plus fâcheuse[5], à mon gré, de toutes les inquiétudes ; et c'est où me réduit l'incommode[6] jaloux qui veille, avec tant de souci[7], sur ma charmante Grecque et ne fait pas un pas sans la traîner à ses côtés.

HALI. – Mais il est en amour plusieurs façons de se parler ; et il me semble, à moi, que vos yeux et les siens, depuis près de deux mois, se sont dit bien des choses.

---

1. *Et qui pourrait-ce être que moi* ? : et qui d'autre que moi pourrait-ce être ?
2. *Hors* : à part.
3. *Rigueurs* : cruauté, sévérité.
4. *Est pour lui plaire ou lui déplaire* : lui plaît ou lui déplaît.
5. *Fâcheuse* : terrible.
6. *Incommode* : gênant.
7. *Souci* : soin.

ADRASTE. – Il est vrai qu'elle et moi souvent nous nous sommes parlé des yeux ; mais comment reconnaître que, chacun de notre côté, nous ayons comme il faut expliqué ce langage ? Et que sais-je, après tout, si elle entend[1] bien tout ce que mes regards lui disent ? et si les siens me disent ce que je crois parfois entendre ?

HALI. – Il faut chercher quelque moyen de se parler d'autre manière.

ADRASTE. – As-tu là tes musiciens ?

HALI. – Oui.

ADRASTE. – Fais-les approcher. Je veux, jusques[2] au jour, les faire ici chanter, et voir si leur musique n'obligera point cette belle à paraître à quelque fenêtre.

HALI. – Les voici. Que chanteront-ils ?

ADRASTE. – Ce qu'ils jugeront de meilleur.

HALI. – Il faut qu'ils chantent un trio[3] qu'ils me chantèrent l'autre jour.

ADRASTE. – Non, ce n'est pas ce qu'il me faut.

HALI. – Ah ! Monsieur, c'est du beau bécarre[4].

ADRASTE. – Que diantre[5] veux-tu dire avec ton beau bécarre ?

---

1. ***Entend*** : ici, comprend.

2. La graphie « jusques » peut être employée devant une voyelle, comme ici. C'est souvent le cas en poésie.

3. ***Trio*** : chant à trois voix.

4. ***Bécarre*** : mot technique qui, au sens propre, désigne un caractère de musique signalant qu'on doit hausser ou baisser la note d'un demi-ton (selon que le bécarre annule un bémol ou un dièse). Comme l'indique Gabriel Conesa, spécialiste de l'œuvre de Molière, le mot est mal employé par Hali, qui l'utilise pour désigner une musique jouée en mode majeur ; de la même façon, Hali se sert du terme « bémol » pour désigner une musique jouée en mode mineur.

5. ***Diantre*** : juron, déformation de « diable ! ».

HALI. – Monsieur, je tiens pour[1] le bécarre : vous savez que je m'y connais. Le bécarre me charme : hors du bécarre, point de salut en harmonie. Écoutez un peu ce trio.

ADRASTE. – Non : je veux quelque chose de tendre et de passionné, quelque chose qui m'entretienne dans une douce rêverie.

HALI. – Je vois bien que vous êtes pour le bémol ; mais il y a moyen de nous contenter l'un l'autre. Il faut qu'ils vous chantent une certaine scène d'une petite comédie que je leur ai vu essayer. Ce sont deux bergers amoureux, tous remplis de langueur[2], qui, sur le bémol, viennent séparément faire leurs plaintes dans un bois, puis se découvrent l'un à l'autre la cruauté de leurs maîtresses ; et là-dessus vient un berger joyeux, avec un bécarre admirable, qui se moque de leur faiblesse.

ADRASTE. – J'y consens. Voyons ce que c'est.

HALI. – Voici, tout juste, un lieu propre à[3] servir de scène ; et voilà deux flambeaux pour éclairer la comédie.

ADRASTE. – Place-toi contre ce logis[4], afin qu'au moindre bruit que l'on fera dedans, je fasse cacher les lumières.

---

1. ***Je tiens pour*** : je suis pour.
2. ***Langueur*** : ici, tristesse.
3. ***Propre à*** : capable de.
4. ***Logis*** : corps principal de la maison.

Scène 3

Chantée par trois Musiciens[1].

Premier musicien

Si du triste récit de mon inquiétude
Je trouble le repos de votre solitude,
Rochers, ne soyez point fâchés,
Quand vous saurez l'excès de mes peines secrètes
Tout rochers que vous êtes,
Vous en serez touchés.

Second musicien

Les oiseaux réjouis, dès que le jour s'avance,
Recommencent leurs chants dans ces vastes forêts,
Et moi j'y recommence
Mes soupirs languissants et mes tristes regrets.
Ah ! mon cher Filène.

Premier musicien

Ah ! mon cher Tirsis.

Second musicien

Que je sens de peine !

Premier musicien

Que j'ai de soucis !

1. Le premier musicien incarne Filène, le second Tirsis : il s'agit de deux noms grecs souvent utilisés dans la pastorale pour les personnages de bergers. Le troisième est aussi un berger, mais il n'est pas nommé.

SECOND MUSICIEN

Toujours sourde à mes vœux[1] *est l'ingrate Climène.*

PREMIER MUSICIEN

Cloris n'a point pour moi de regards adoucis.

TOUS DEUX

Ô loi trop inhumaine !
Amour si tu ne peux les contraindre d'aimer,
Pourquoi leur laisses-tu le pouvoir de charmer ?

TROISIÈME MUSICIEN

Pauvres amants, quelle erreur
D'adorer des inhumaines !
Jamais les âmes bien saines
Ne se payent[2] *de rigueur*[3] *;*
Et les faveurs sont les chaînes
Qui doivent lier un cœur.
On voit cent belles ici
Auprès de qui je m'empresse :
À leur vouer[4] *ma tendresse*
Je mets mon plus doux souci ;
Mais lors que[5] *l'on est tigresse,*
Ma foi ! je suis tigre aussi.

PREMIER ET SECOND MUSICIENS

Heureux, hélas ! qui peut aimer ainsi !

---

1. ***Sourde à mes vœux*** : insensible à mon amour.
2. ***Ne se payent*** : ne se contentent.
3. ***Rigueur*** : cruauté.
4. ***Vouer*** : offrir.
5. ***Lors que*** : quand.

HALI. – Monsieur, je viens d'ouïr[1] quelque bruit au-dedans.

ADRASTE. – Qu'on se retire vite, et qu'on éteigne les flambeaux.

Scène 4

DOM PÈDRE, ADRASTE, HALI

DOM PÈDRE *(sortant en bonnet de nuit et robe de chambre, avec une épée sous son bras)*. – Il y a quelque temps que j'entends chanter à ma porte ; et, sans doute[2], cela ne se fait pas pour rien. Il faut que, dans l'obscurité, je tâche à découvrir quelles gens ce peuvent être.

ADRASTE. – Hali !

HALI. – Quoi ?

ADRASTE. – N'entends-tu plus rien ?

HALI. – Non.

Dom Pèdre est derrière eux, qui les écoute.

ADRASTE. – Quoi ? tous nos efforts ne pourront obtenir que je parle un moment à cette aimable Grecque ? et ce jaloux maudit, ce traître de Sicilien, me fermera toujours tout accès auprès d'elle ?

HALI. – Je voudrais, de bon cœur, que le diable l'eût emporté, pour la fatigue qu'il nous donne, le fâcheux[3], le bourreau qu'il est. Ah ! si nous le tenions ici, que je

1. ***Ouïr*** : entendre.
2. ***Sans doute*** : sans aucun doute, assurément.
3. ***Le fâcheux*** : cet homme gênant.

prendrais de joie à venger sur son dos[1] tous les pas inutiles que sa jalousie nous fait faire !

ADRASTE. – Si faut-il bien[2] pourtant trouver quelque moyen, quelque invention, quelque ruse, pour attraper notre brutal : j'y suis trop engagé[3] pour en avoir le démenti[4] ; et quand j'y devrais employer…

HALI. – Monsieur, je ne sais pas ce que cela veut dire, mais la porte est ouverte ; et si vous le voulez, j'entrerai doucement pour découvrir d'où cela vient.

Dom Pèdre se retire sur sa porte.

ADRASTE. – Oui, fais ; mais sans faire de bruit ; je ne m'éloigne pas de toi. Plût au Ciel que ce fût la charmante Isidore !

DOM PÈDRE *(lui donnant sur[5] la joue)*. – Qui va là ?

HALI *(lui faisant de même)*. – Ami.

DOM PÈDRE. – Holà ! Francisque, Dominique, Simon, Martin, Pierre, Thomas, Georges, Charles, Barthélemy : allons, promptement[6] mon épée, ma rondache[7], ma hallebarde[8], mes pistolets, mes mousquetons[9], mes fusils ; vite, dépêchez, allons, tue, point de quartier[10].

---

1. ***Sur son dos*** : en lui frappant le dos.
2. ***Si faut-il bien*** : cependant il faut bien.
3. ***J'y suis trop engagé*** : je suis allé trop loin.
4. ***En avoir le démenti*** : subir l'outrage de ne pas avoir réussi.
5. ***Donnant sur*** : touchant.
6. ***Promptement*** : vite.
7. ***Rondache*** : bouclier rond.
8. ***Hallebarde*** : arme composée d'un bâton et d'une pointe en fer.
9. ***Mousquetons*** : fusils.
10. ***Point de quartier*** : pas de pitié.

Scène 5

ADRASTE, HALI

ADRASTE. – Je n'entends remuer personne. Hali ? Hali ?

HALI *(caché dans un coin)*. – Monsieur.

ADRASTE. – Où donc te caches-tu ?

HALI. – Ces gens sont-ils sortis ?

ADRASTE. – Non : personne ne bouge.

HALI *(en sortant d'où il était caché)*. – S'ils viennent, ils seront frottés[1].

ADRASTE. – Quoi ? tous nos soins seront donc inutiles ? Et toujours ce fâcheux jaloux se moquera de nos desseins[2].

HALI. – Non : le courroux[3] du point d'honneur me prend ; il ne sera pas dit qu'on triomphe de mon adresse ; ma qualité de fourbe[4] s'indigne de tous ces obstacles, et je prétends faire éclater les talents que j'ai eus du Ciel.

ADRASTE. – Je voudrais seulement que, par quelque moyen, par un billet[5], par quelque bouche[6], elle fût avertie des sentiments qu'on a pour elle, et savoir les siens là-dessus. Après, on peut trouver facilement les moyens…

HALI. – Laissez-moi faire seulement : j'en essayerai tant de toutes les manières, que quelque chose enfin nous pourra réussir. Allons, le jour paraît ; je vais chercher

---

1. ***Frottés*** : frappés.
2. ***Desseins*** : intentions, projets.
3. ***Courroux*** : colère (style soutenu ou poétique).
4. ***Fourbe*** : personnage rusé qui arrive à ses fins en utilisant la tromperie.
5. ***Par un billet*** : par un message écrit.
6. ***Par quelque bouche*** : par un message transmis oralement.

mes gens, et venir attendre, en ce lieu, que notre jaloux sorte.

Scène 6

DOM PÈDRE, ISIDORE

ISIDORE. – Je ne sais pas quel plaisir vous prenez à me réveiller si matin[1] ; cela s'ajuste assez mal, ce me semble, au dessein que vous avez pris de me faire peindre aujourd'hui ; et ce n'est guère pour[2] avoir le teint frais et les yeux brillants que se lever ainsi dès la pointe du jour.

DOM PÈDRE. – J'ai une affaire qui m'oblige à sortir à l'heure qu'il est.

ISIDORE. – Mais l'affaire que vous avez eût bien pu se passer, je crois, de ma présence ; et vous pouviez, sans vous incommoder, me laisser goûter les douceurs du sommeil du matin.

DOM PÈDRE. – Oui ; mais je suis bien aise[3] de vous voir toujours avec moi. Il n'est pas mal de s'assurer[4] un peu contre les soins des surveillants[5] ; et cette nuit encore, on est venu chanter sous nos fenêtres.

ISIDORE. – Il est vrai ; la musique en était admirable.

DOM PÈDRE. – C'était pour vous que cela se faisait ?

---

1. *Matin* : tôt.
2. *Ce n'est guère pour* : cela n'aide pas à.
3. *Bien aise* : très content.
4. *S'assurer* : prendre des précautions.
5. *Surveillants* : ici, espions.

ISIDORE. – Je le veux croire ainsi, puisque vous me le dites.

DOM PÈDRE. – Vous savez qui était celui qui donnait cette sérénade[1] ?

ISIDORE. – Non pas ; mais, qui que ce puisse être, je lui suis obligée[2].

DOM PÈDRE. – Obligée !

ISIDORE. – Sans doute, puisqu'il cherche à me divertir.

DOM PÈDRE. – Vous trouvez donc bon qu'on vous aime.

ISIDORE. – Fort bon. Cela n'est jamais qu'obligeant[3].

DOM PÈDRE. – Et vous voulez du bien à tous ceux qui prennent ce soin ?

ISIDORE. – Assurément.

DOM PÈDRE. – C'est dire fort net ses pensées.

ISIDORE. – À quoi bon de dissimuler ? Quelque mine qu'on fasse, on est toujours bien aise d'être aimée : ces hommages à nos appas[4] ne sont jamais pour nous déplaire. Quoi qu'on en puisse dire, la grande ambition des femmes est, croyez-moi, d'inspirer de l'amour. Tous les soins qu'elles prennent ne sont que pour cela ; et l'on n'en voit point de si fière[5] qui ne s'applaudisse en son cœur des conquêtes que font ses yeux.

DOM PÈDRE. – Mais si vous prenez, vous, du plaisir à vous voir aimée, savez-vous bien, moi qui vous aime, que je n'y en prends nullement ?

ISIDORE. – Je ne sais pas pourquoi cela : et si j'aimais quelqu'un, je n'aurais point de plus grand plaisir que de

---

1. ***Sérénade*** : chanson d'amour.
2. ***Obligée*** : reconnaissante.
3. ***Obligeant*** : fait pour plaire.
4. ***Appas*** : beautés, charmes.
5. ***Fière*** : hautaine.

le voir aimé de tout le monde. Y a-t-il rien qui marque[1] davantage la beauté du choix que l'on fait ? et n'est-ce pas pour s'applaudir[2], que ce que nous aimons soit trouvé fort aimable ?

DOM PÈDRE. – Chacun aime à sa guise[3], et ce n'est pas là ma méthode. Je serai fort ravi qu'on ne vous trouve point si belle et vous m'obligerez[4] de n'affecter point tant de la paraître à d'autres yeux.

ISIDORE. – Quoi ? jaloux de ces choses-là ?

DOM PÈDRE. – Oui, jaloux de ces choses-là, mais jaloux comme un tigre, et, si voulez, comme un diable. Mon amour vous veut toute à moi ; sa délicatesse s'offense d'un sourire, d'un regard qu'on vous peut arracher ; et tous les soins qu'on me voit prendre ne sont que pour fermer tout accès aux galants[5] et m'assurer la possession d'un cœur dont je ne puis souffrir[6] qu'on me vole la moindre chose.

ISIDORE. – Certes, voulez-vous que je dise ? vous prenez un mauvais parti ; et la possession d'un cœur est fort mal assurée, lorsqu'on prétend le retenir par force. Pour moi, je vous l'avoue, si j'étais galant d'une femme qui fût au pouvoir de quelqu'un, je mettrais toute mon étude à rendre ce quelqu'un jaloux, et l'obliger à veiller nuit et jour celle que je voudrais gagner. C'est un admirable

1. ***Marque*** : indique.
2. ***N'est-ce pas pour s'applaudir*** : ne doit-on pas se féliciter.
3. ***À sa guise*** : comme il veut.
4. ***M'obligerez*** : me ferez plaisir.
5. ***Galants*** : séducteurs ; le mot signifie aussi « amoureux » (l. 64).
6. ***Souffrir*** : supporter.

Molière : dramaturge, comédien et courtisan

Ces trois tableaux nous permettent de comprendre les diverses facettes de Molière : dramaturge, comédien (il interprète non seulement les rôles qu'il crée dans ses pièces mais également ceux d'autres auteurs) et courtisan dont la fortune dépend de la faveur du roi Louis XIV, qui le protégera tout au long de sa carrière.

Collection particulière

▲ *Molière*, par Charles-Antoine Coypel (1694-1752), 1730.

Collection particulière

▲ *Molière dans le rôle de César dans La Mort de Pompée de Corneille*, par Nicolas Mignard (1606-1668), 1658.

Questions

1. Analysez les similitudes entre ces deux portraits.
2. Quels sont les éléments symboliques qui permettent aux deux peintres de souligner la prééminence atteinte par Molière ?

▶ *Louis XIV et Molière*, par Jean-Léon Gérôme (1824-1904), 1863.

Collection particulière

Au XIXe siècle, Gérôme, célèbre peintre de scènes historiques, interprète à sa manière les relations entre le roi Louis XIV et Molière. La scène se déroule dans l'antichambre du roi, pendant le souper au Grand Couvert où Molière est admis au même titre que les plus grands seigneurs et prélats de la cour.

Aux sources de la comédie-ballet

La farce et les tréteaux des bateleurs

C'est dans les rues de Paris que le jeune Jean-Baptiste Poquelin assiste sans doute à ses premières représentations théâtrales. Les bonimenteurs, juchés sur des estrades, ne reculent devant aucune facétie pour vendre remèdes et élixirs censés guérir toutes sortes de maux.

▶ *Théâtre de Tabarin*, par Abraham Bosse (1604-1676).

Collection particulière

La *commedia dell'arte*

Collection particulière

◀ *Les Caprices, La Ronde*, par Jacques Callot (1592-1635).
La gravure représente les principaux personnages de la *commedia dell'arte*, entraînés dans une ronde : les *zannis* (valets) qui se contorsionnent pour faire rire le public, le vieillard reconnaissable à ses habits noirs, sa cape et sa large fraise, la soubrette ou la jeune fil (voir p. 12 et 15).

Le ballet de cour

Afin de divertir le roi et la cour, Molière compose un certain nombre de comédies-ballets qui font intervenir le chant et la danse (voir p. 146-160). Il sait qu'il peut ainsi satisfaire les goûts de Louis XIV, très bon danseur, comme le rapportent tous les témoignages de l'époque ; ce dernier n'hésite pas à participer chaque année à un grand ballet royal (jusqu'en 1670), mis en scène pour rehausser son prestige. Ainsi, en 1653, dans *Le Ballet de la Nuit*, à l'âge de quinze ans, il triomphe dans le tableau final où il est costumé en Apollon, dieu grec du soleil, ce qui annonce son futur titre de Roi-Soleil.

◀ *Louis XIV en Apollon dans Le Ballet de la Nuit*, par Stefano della Bella (1610-1664), 1653.

Les médecins de Molière : un thème majeur de la satire

À plusieurs reprises dans son œuvre, Molière jette en pâture à son public les médecins de son siècle, détenteurs d'un pseudo-savoir qu'ils déguisent en science par l'emploi du latin, pour exploiter avec cynisme la crédulité de leurs malades.

◀ ***Les Remèdes à tous maux,***
par Nicolas Guérard, XVIIe siècle.
Cette caricature représente une femme sur laquelle les médecins pratiquent la saignée, censée guérir absolument tous les maux.

▼ **Représentation de *L'Amour médecin*, par la Compagnie À Tout Va !,**
dans une mise en scène de Stéphan Debruyne, festival du mois Molière, cour des Grandes Écuries de Versailles, 29 juin 2011, et festival d'Avignon (Off), du 7 au 31 juillet 2011 (masques de Stephano Perocco, costumes de Delphine Desnus).

La satire de la médecine s'exerce non seulement par la parodie du langage, mais également par le costume et la gestuelle. Les comédiens portent ici le fameux masque en forme de bec que les médecins adoptaient en temps d'épidémie de peste : le bec était rempli d'herbes aromatiques ayant la réputation de protéger le médecin des « humeurs pestilentielles » que l'on rendait à l'époque responsables de la maladie. Ce masque sera repris par la *commedia dell'arte*.

Le médecin est souvent traditionnellement représenté vêtu de noir et coiffé d'un haut chapeau, comme dans cette mise en scène de *L'Amour médecin* par Pierre Bertin à la Comédie-Française en 1939.

L’amour peintre : exotisme et spectacle – les turqueries

Au sein de la cour du jeune Louis XIV naît la mode des turqueries, des « objets, compositions artistiques ou littéraires d’origine, de goût ou d’inspiration turcs, orientaux » (*Dictionnaire Robert*). Molière comprend le parti qu’il peut tirer de cet engouement et compose dans ses pièces des scènes qui évoquent, sans aucun souci de réalisme, ce monde oriental fascinant.
La juxtaposition du monde occidental et du monde oriental inspirera aussi les illustrateurs et les décorateurs.

▶ *Le Sicilien ou l’Amour peintre*, acte IV, scène 12, par Eugène Lami, (1800-1890).

phaël Pierre

▲ *Le Sicilien ou l'Amour peintre*, mise en scène de Jean-Marie Villégier et Jonathan Duverger (avec Elsa Lepoivre, Laurent Natrella et Shahrokh Moshkin Ghalam) à la Comédie-Française, en 2006.

Questions

1. Dans ces deux documents, quels sont les éléments qui construisent l'exotisme de la scène ?
2. Analysez les couleurs, les costumes et la composition.

Réinventer Molière

L'Amour médecin

▲ *L'Amour médecin*, mise en scène de Jean-Marie Villégier et Jonathan Duverger à la Comédie-Française, en 2006.

L'Amour peintre

▶ *Le Sicilien ou l'Amour peintre*, mise en scène de Jean-Marie Villégier et Jonathan Duverger à la Comédie-Française, en 2006.

Questions

1. Identifiez les personnages et la scène représentés dans chaque photographie.
2. Par quels moyens (costumes, décors, coiffures...) le metteur en scène renouvelle-t-il notre regard sur les personnages ?
3. Choisissez le détail qui vous a le plus frappé et analysez-le.

moyen d'avancer[1] ses affaires et l'on ne tarde guère à profiter du chagrin et de la colère que donne à l'esprit d'une femme la contrainte et la servitude.

DOM PÈDRE. – Si bien donc que, si quelqu'un vous en contait[2], il vous trouverait disposée à recevoir ses vœux[3] ?

ISIDORE. – Je ne vous dis rien là-dessus. Mais les femmes enfin n'aiment pas qu'on les gêne ; et c'est beaucoup risquer que de leur montrer des soupçons, et de les tenir renfermées.

DOM PÈDRE. – Vous reconnaissez peu ce que vous me devez ; et il me semble qu'une esclave que l'on a affranchie[4], et dont on veut faire sa femme…

ISIDORE. – Quelle obligation vous ai-je[5], si vous changez mon esclavage en un autre beaucoup plus rude ? si vous ne me laissez jouir d'aucune liberté, et me fatiguez comme on voit, d'une garde continuelle ?

DOM PÈDRE. – Mais tout cela ne part que d'un excès d'amour.

ISIDORE. – Si c'est votre façon d'aimer, je vous prie de me haïr.

DOM PÈDRE. – Vous êtes aujourd'hui dans une humeur désobligeante[6] ; et je pardonne ces paroles au chagrin où vous pouvez être de vous être levée matin.

---

1. ***D'avancer*** : de faire progresser.
2. ***Vous en contait*** : vous courtisait.
3. ***Recevoir ses vœux*** : accueillir son amour.
4. ***Que l'on a affranchie*** : que l'on a rendue libre.
5. ***Quelle obligation vous ai-je*** : quelle reconnaissance vous dois-je ?
6. ***Dans une humeur désobligeante*** : de mauvaise humeur.

Scène 7

DOM PÈDRE, HALI, ISIDORE

Hali faisant plusieurs révérences à Dom Pèdre.

DOM PÈDRE. – Trêve aux cérémonies[1]. Que voulez-vous ?

HALI *(il se retourne devers Isidore, à chaque parole qu'il dit à Dom Pèdre, et lui fait des signes pour lui faire connaître le dessein de son maître)*. – Signor (avec la permission de la Signore), je vous dirai (avec la permission de la Signore) que je viens vous trouver (avec la permission de la Signore) pour vous prier (avec la permission de la Signore) de vouloir bien (avec la permission de la Signore)…

DOM PÈDRE. – Avec la permission de la Signore, passez un peu de ce côté.

HALI. – Signor, je suis un virtuose[2] !

DOM PÈDRE. – Je n'ai rien à donner.

HALI. – Ce n'est pas ce que je demande. Mais comme je me mêle un peu de[3] musique et de danse, j'ai instruit quelques esclaves qui voudraient bien trouver un maître qui se plût à ces choses ; et comme je sais que vous êtes une personne considérable, je voudrais vous prier de les voir et de les entendre pour les acheter, s'ils vous plaisent, ou pour leur enseigner quelqu'un de vos amis qui voulût s'en accommoder.

ISIDORE. – C'est une chose à voir, et cela nous divertira. Faites-les nous venir.

---

1. *Trêve aux cérémonies* : arrêtons les politesses.

2. À l'époque de Molière, « virtuose » est un mot récemment importé de l'italien *virtuoso*, ce qui explique que Dom Pèdre ne le connaisse pas.

3. *Je me mêle* […] ***de*** : je pratique.

HALI. – *Chala bala…* Voici une chanson nouvelle, qui est du temps. Écoutez bien. *Chala bala.*

Scène 8

HALI ET QUATRE ESCLAVES, ISIDORE, DOM PÈDRE

Hali chante dans cette scène et les Esclaves dansent dans les intervalles de son chant[1].

HALI *(chante)*

D'un cœur ardent[2]*, en tous lieux*
Un amant suit une belle;
Mais d'un jaloux odieux
La vigilance éternelle
Fait qu'il ne peut que des yeux
S'entretenir[3] *avec elle :*
Est-il peine plus cruelle
Pour un cœur bien amoureux?

Chiribirida ouch alla!
Star bon Turca[4],

---

1. Une première danse des esclaves précédait le chant d'Hali, qui était ici doublé par un chanteur professionnel.
2. ***Ardent*** : amoureux.
3. ***S'entretenir*** : parler.
4. Ce refrain est écrit en langue franque, un jargon qui mêle l'espagnol et l'italien, après un premier vers en pur charabia. On pourrait le traduire ainsi : «Moi être bon Turc,/ Ne pas avoir argent./ Toi vouloir acheter?/ Moi servir à toi,/ Si payer pour moi,/ Faire bonne cuisine,/ Me lever

Non aver danara.
Ti voler comprara?
Mi servir a ti,
Se pagar per mi,
Far bona cucina,
Mi levar matina,
Far boller caldara.
Parlara, parlara :
Ti voler comprara?

C'est un supplice, à tous coups
Sous qui[1] *cet amant expire*[2]*;*
Mais si d'un œil un peu doux
La belle voit son martyre,
Et consent qu'aux yeux de tous
Pour ses attraits, il soupire,
Il pourrait bientôt se rire[3]
De tous les soins du jaloux.

Chiribirida ouch alla!
Star bon Turca.
Non aver danara.
Ti voler comprara?
Mi servir a ti.
Se pagar per mi,
Far bona cucina,

---

matin,/ Faire bouillir chaudron./ Toi répondre, répondre,/ Toi vouloir acheter ? »

1. ***Sous qui*** : à cause duquel.

2. ***Expire*** : meurt.

3. ***Se rire*** : se moquer.

Mi levar matina,
Far boller caldara.
Parlara, parlara :
Ti voler comprara ?

DOM PÈDRE

Savez-vous, mes drôles[1],
Que cette chanson
Sent pour vos épaules
Les coups de bâton ?

Chiribirida ouch alla !
Mi ti non comprara[2]*,*
Ma ti bastonara,
Si ti non andara.
Andara, andara,
O ti bastonara.

Oh ! oh ! quels égrillards[3] ! Allons, rentrons ici : j'ai changé de pensée[4] ; et puis le temps se couvre un peu. *(À Hali, qui paraît encore là :)* Ah ! fourbe, que je vous y trouve !

HALI. – Hé bien ! oui, mon maître l'adore ; il n'a point de plus grand désir que de lui montrer son amour ; et si elle y consent il la prendra pour femme.

DOM PÈDRE. – Oui, oui, je la lui garde.

HALI. – Nous l'aurons malgré vous.

---

1. ***Drôles*** : mauvais garnements.
2. Même jargon que dans la chanson : « Moi pas acheter toi,/ Mais frapper toi,/ Si toi ne pas partir./ Toi partir, partir,/ Ou moi frapperai toi. »
3. ***Égrillards*** : coquins.
4. ***Pensée*** : avis.

DOM PÈDRE. – Comment ? coquin…

HALI. – Nous l'aurons, dis-je, en dépit de vos dents[1].

DOM PÈDRE. – Si je prends…

HALI. – Vous avez beau faire la garde : j'en ai juré, elle sera à nous.

DOM PÈDRE. – Laisse-moi faire, je t'attraperai sans courir.

HALI. – C'est nous qui vous attraperons : elle sera notre femme, la chose est résolue[2]. Il faut que j'y périsse[3], ou que j'en vienne à bout.

Scène 9

ADRASTE, HALI

HALI. – Monsieur, j'ai déjà fait quelque petite tentative ; mais je…

ADRASTE. – Ne te mets point en peine[4] ; j'ai trouvé par hasard tout ce que je voulais, et je vais jouir du bonheur de voir chez elle cette belle. Je me suis rencontré[5] chez le peintre Damon, qui m'a dit qu'aujourd'hui il venait faire le portrait de cette adorable personne ; et comme il est depuis longtemps de mes plus intimes amis, il a voulu servir mes feux[6], et m'envoie à sa place, avec un

---

1. ***En dépit de vos dents*** : malgré vous.
2. ***Résolue*** : décidée.
3. ***Périsse*** : meure.
4. ***Ne te mets point en peine*** : ne t'en préoccupe pas.
5. ***Je me suis rencontré*** : je suis allé.
6. ***Mes feux*** : mon amour.

petit mot de lettre pour me faire accepter. Tu sais que de tout temps je me suis plu à la peinture, et que parfois je manie le pinceau, contre la coutume de France, qui ne veut pas qu'un gentilhomme sache rien faire : ainsi j'aurai la liberté de voir cette belle à mon aise. Mais je ne doute pas que mon jaloux fâcheux ne soit toujours présent, et n'empêche tous les propos que nous pourrions avoir ensemble; et pour te dire vrai, j'ai, par le moyen d'une jeune esclave, un stratagème pour tirer cette belle Grecque des mains de son jaloux, si je puis obtenir d'elle qu'elle y consente.

HALI. – Laissez-moi faire, je veux vous faire un peu de jour[1] à la pouvoir entretenir[2]. Il ne sera pas dit que je ne serve de rien dans cette affaire-là. Quand allez-vous ?

ADRASTE. – Tout de ce pas[3], et j'ai déjà préparé toutes choses.

HALI. – Je vais, de mon côté, me préparer aussi.

ADRASTE. – Je ne veux point perdre de temps. Holà ! Il me tarde que je ne goûte[4] le plaisir de la voir.

---

1. ***Faire un peu de jour*** : aider.
2. ***La pouvoir entretenir*** : pouvoir parler avec elle.
3. ***Tout de ce pas*** : tout de suite.
4. ***Il me tarde que je ne goûte*** : j'ai hâte de goûter.

Scène 10

DOM PÈDRE, ADRASTE

DOM PÈDRE. – Que cherchez-vous, cavalier, dans cette maison ?

ADRASTE. – J'y cherche le seigneur Dom Pèdre.

DOM PÈDRE. – Vous l'avez devant vous.

ADRASTE. – Il prendra, s'il lui plaît, la peine de lire cette lettre.

DOM PÈDRE *(lit)*. – « Je vous envoie, au lieu de moi, pour le portrait que vous savez, ce gentilhomme français, qui, comme curieux d'obliger les honnêtes gens[1], a bien voulu prendre ce soin, sur la proposition que je lui en ai faite. Il est, sans contredit[2], le premier homme du monde[3] pour ces sortes d'ouvrages, et j'ai cru que je ne pouvais rendre un service plus agréable que de vous l'envoyer, dans le dessein que vous avez d'avoir un portrait achevé de la personne que vous aimez. Gardez-vous bien surtout de lui parler d'aucune récompense : car c'est un homme qui s'en offenserait, et qui ne fait les choses que pour la gloire et pour la réputation.

DOM PÈDRE *(parlant au Français)*. – Seigneur français, c'est une grande grâce que vous me voulez faire ; et je vous suis fort obligé.

ADRASTE. – Toute mon ambition est de rendre service aux gens de nom et de mérite.

DOM PÈDRE. – Je vais faire venir la personne dont il s'agit.

---

1. ***Curieux d'obliger les honnêtes gens*** : désireux de rendre service aux hommes d'honneur, de bon rang social.
2. ***Sans contredit*** : sans aucun doute.
3. ***Le premier homme du monde*** : le meilleur.

Scène 11

ISIDORE, DOM PÈDRE, ADRASTE
ET DEUX LAQUAIS

DOM PÈDRE. – Voici un gentilhomme que Damon nous envoie, qui se veut bien donner la peine de vous peindre. *(Adraste baise[1] Isidore en la saluant, et Dom Pèdre lui dit :)* Holà ! Seigneur français, cette façon de saluer n'est point d'usage en ce pays.

ADRASTE. – C'est la manière de France.

DOM PÈDRE. – La manière de France est bonne pour vos femmes ; mais, pour les nôtres, elle est un peu trop familière.

ISIDORE. – Je reçois cet honneur avec beaucoup de joie. L'aventure me surprend fort et, pour dire le vrai, je ne m'attendais pas d'avoir un peintre si illustre.

ADRASTE. – Il n'y a personne sans doute qui ne tînt à beaucoup de gloire[2] de toucher à un tel ouvrage. Je n'ai pas grande habileté ; mais le sujet, ici, ne fournit que trop de lui-même, et il y a moyen de faire quelque chose de beau sur un original[3] fait comme celui-là.

ISIDORE. – L'original est peu de chose : mais l'adresse du peintre en saura couvrir les défauts.

ADRASTE. – Le peintre n'y en voit aucun ; et tout ce qu'il souhaite est d'en pouvoir représenter les grâces, aux yeux de tout le monde, aussi grandes qu'il les peut voir.

---

1. *Baise* : embrasse.
2. *Qui ne tînt à beaucoup de gloire* : qui ne considère comme une grande gloire.
3. *Original* : modèle.

ISIDORE. – Si votre pinceau flatte autant que votre langue, vous allez me faire un portrait qui ne me ressemblera pas.

ADRASTE. – Le Ciel, qui fit l'original, nous ôte le moyen d'en faire un portrait qui puisse flatter.

ISIDORE. – Le Ciel, quoique vous en disiez, ne…

DOM PÈDRE. – Finissons cela, de grâce[1], laissons les compliments, et songeons au portrait.

ADRASTE. – Allons, apportez tout.

On apporte tout ce qu'il faut pour peindre Isidore.

ISIDORE. – Où voulez-vous que je me place ?

ADRASTE. – Ici. Voici le lieu le plus avantageux, et qui reçoit le mieux les vues favorables de la lumière que nous cherchons.

ISIDORE. – Suis-je bien ainsi ?

ADRASTE. – Oui. Levez-vous un peu, s'il vous plaît. Un peu plus de ce côté-là ; le corps tourné ainsi ; la tête un peu levée, afin que la beauté du cou paraisse. Ceci un peu plus découvert. *(Il parle de sa gorge[2].)* Bon. Là, un peu davantage. Encore tant soit peu[3].

DOM PÈDRE. – Il y a bien de la peine à vous mettre[4] ; ne sauriez-vous vous tenir comme il faut ?

ISIDORE. – Ce sont ici des choses toutes neuves pour moi ; et c'est à Monsieur à me mettre de la façon qu'il veut.

ADRASTE. – Voilà qui va le mieux du monde, et vous vous tenez à merveille. *(La faisant tourner un peu devers lui.)* Comme cela, s'il vous plaît. Le tout dépend des attitudes qu'on donne aux personnes qu'on peint.

DOM PÈDRE. – Fort bien.

---

1. ***De grâce*** : s'il vous plaît.
2. ***Gorge*** : poitrine.
3. ***Tant soit peu*** : un peu.
4. ***Mettre*** : faire poser.

ADRASTE. – Un peu plus de ce côté; vos yeux toujours tournés vers moi, je vous en prie; vos regards attachés aux miens.

ISIDORE. – Je ne suis pas comme ces femmes qui veulent, en se faisant peindre, des portraits qui ne sont point elles, et ne sont point satisfaites du peintre s'il ne les fait toujours plus belles que le jour. Il faudrait pour les contenter ne faire qu'un portrait pour toutes; car toutes demandent les mêmes choses : un teint tout de lis et de roses[1], un nez bien fait, une petite bouche, et de grands yeux vifs, bien fendus[2], et surtout le visage pas plus gros que le poing, l'eussent-elles d'un pied de large[3]. Pour moi, je vous demande un portrait qui soit moi, et qui n'oblige point à demander qui c'est.

ADRASTE. – Il serait malaisé[4] qu'on demandât cela du vôtre, et vous avez des traits à qui fort peu d'autres ressemblent. Qu'ils ont de douceurs et de charmes, et qu'on court de risque à les peindre!

DOM PÈDRE. – Le nez me semble un peu trop gros.

ADRASTE. – J'ai lu, je ne sais où, qu'Apelle[5] peignit autrefois une maîtresse d'Alexandre[6], et qu'il en devint, la

---

1. ***De lis et de roses*** : de la couleur des lis et des roses, c'est-à-dire à la fois blanc et rose.

2. ***Fendus*** : grands.

3. ***L'eussent-elles d'un pied de large*** : même si elles ont le visage très large (un ***pied*** est une ancienne unité de mesure de longueur équivalant à environ 32 centimètres).

4. ***Malaisé*** : difficile.

5. ***Apelle*** : peintre grec de l'Antiquité, qui vécut dans la première moitié du IVe siècle av. J.-C. C'était le peintre préféré d'Alexandre le Grand, et il passait pour le plus grand peintre de l'Antiquité.

6. ***Alexandre*** (***le Grand***) : célèbre général grec de l'Antiquité (356-323 av. J.-C.), roi de Macédoine.

peignant, si éperdument amoureux, qu'il fut près d'en perdre la vie : de sorte qu'Alexandre, par générosité, lui céda l'objet de ses vœux[1]. *(Il parle à Dom Pèdre.)* Je pourrais faire ici ce qu'Apelle fit autrefois ; mais vous ne feriez pas peut-être ce que fit Alexandre.

ISIDORE. – Tout cela sent la nation[2] ; et toujours Messieurs les Français ont un fond de galanteries[3] qui se répand partout.

ADRASTE. – On ne se trompe guère à ces sortes de choses ; et vous avez l'esprit trop éclairé[4] pour ne pas voir de quelle source partent les choses qu'on vous dit. Oui, quand Alexandre serait ici, et que ce serait votre amant[5], je ne pourrais m'empêcher de vous dire que je n'ai rien vu de si beau que ce que je vois maintenant, et que…

DOM PÈDRE. – Seigneur français, vous ne devriez pas, ce me semble, parler : cela vous détourne de votre ouvrage.

ADRASTE. – Ah ! point du tout. J'ai toujours de coutume de parler quand je peins ; et il est besoin, dans ces choses, d'un peu de conversation, pour réveiller l'esprit, et tenir les visages dans la gaieté nécessaire aux personnes que l'on veut peindre.

---

1. ***L'objet de ses vœux*** : la femme qu'il désirait.
2. ***Tout cela sent la nation*** : cette histoire est caractéristique de celles qu'aime le peuple français.
3. ***Galanteries*** : politesses, empressements à l'égard des femmes.
4. ***Éclairé*** : vif, intelligent.
5. ***Quand Alexandre serait ici, et que ce serait votre amant*** : même si Alexandre était ici, et qu'il était votre amoureux.

Scène 12

HALI, *vêtu en Espagnol*, DOM PÈDRE, ADRASTE, ISIDORE

DOM PÈDRE. – Que veut cet homme-là ? et qui laisse monter les gens sans nous en venir avertir ?

HALI. – J'entre ici librement ; mais, entre cavaliers, telle liberté est permise. Seigneur, suis-je connu de vous ?

DOM PÈDRE. – Non, seigneur.

HALI. – Je suis Dom Gilles d'Avalos, et l'histoire d'Espagne vous doit avoir instruit de mon mérite.

DOM PÈDRE. – Souhaitez-vous quelque chose de moi ?

HALI. – Oui, un conseil sur un fait d'honneur[1]. Je sais qu'en ces matières il est malaisé de trouver un cavalier plus consommé[2] que vous ; mais je vous demande pour grâce[3] que nous nous tirions à l'écart.

DOM PÈDRE. – Nous voilà assez loin.

ADRASTE *(regardant Isidore)*. – Elle a les yeux bleus.

HALI. – Seigneur, j'ai reçu un soufflet[4] : vous savez ce qu'est un soufflet, lorsqu'il se donne à main ouverte, sur le beau milieu de la joue. J'ai ce soufflet fort sur le cœur[5] : et je suis dans l'incertitude si, pour me venger de l'affront, je dois me battre avec mon homme, ou bien le faire assassiner.

DOM PÈDRE. – Assassiner, c'est le plus court chemin. Quel est votre ennemi ?

---

1. ***Un fait d'honneur*** : une affaire qui met en jeu mon honneur.
2. ***Consommé*** : expert.
3. ***Pour grâce*** : comme faveur.
4. ***Un soufflet*** : une gifle.
5. ***J'ai ce soufflet fort sur le cœur*** : je ne peux supporter ce soufflet.

HALI. – Parlons bas, s'il vous plaît.

ADRASTE *(aux genoux d'Isidore, pendant que Dom Pèdre parle à Hali)*. – Oui, charmante Isidore, mes regards vous le disent depuis plus de deux mois, et vous les avez entendus : je vous aime plus que tout ce que l'on peut aimer, et je n'ai point d'autre pensée, d'autre but, d'autre passion, que d'être à vous toute ma vie.

ISIDORE. – Je ne sais si vous dites vrai, mais vous persuadez[1].

ADRASTE. – Mais vous persuadé-je jusqu'à vous inspirer quelque peu de bonté pour moi ?

ISIDORE. – Je ne crains que d'en trop avoir.

ADRASTE. – En aurez-vous assez pour consentir, belle Isidore, au dessein que je vous ai dit ?

ISIDORE. – Je ne puis encore vous le dire.

ADRASTE. – Qu'attendez-vous pour cela ?

ISIDORE. – À me résoudre[2].

ADRASTE. – Ah ! quand on aime, on se résout bientôt.

ISIDORE. – Hé bien ! allez, oui, j'y consens.

ADRASTE. – Mais consentez-vous, dites-moi, que ce soit dès ce moment même ?

ISIDORE. – Lorsqu'on est une fois résolu sur la chose, s'arrête-t-on sur le temps ?

DOM PÈDRE *(à Hali)*. – Voilà mon sentiment, et je vous baise les mains[3].

HALI. – Seigneur, quand vous aurez reçu quelque soufflet, je suis homme aussi de conseil, et je pourrai vous rendre la pareille.

---

1. ***Vous persuadez*** : vous êtes convaincant.
2. ***Me résoudre*** : me décider.
3. ***Je vous baise les mains*** : formule de salut, pour prendre congé de quelqu'un.

DOM PÈDRE. – Je vous laisse aller sans vous reconduire ; mais, entre cavaliers, cette liberté est permise.

ADRASTE. – Non, il n'est rien qui puisse effacer de mon cœur les tendres témoignages... *(Dom Pèdre, apercevant Adraste qui parle de près à Isidore.)* Je regardais ce petit trou qu'elle a au côté du menton, et je croyais d'abord que ce fût une tache. Mais c'est assez pour aujourd'hui, nous finirons une autre fois. *(Parlant à Dom Pèdre.)* Non, ne regardez rien encore ; faites serrer[1] cela, je vous prie. *(À Isidore :)* Et vous, je vous conjure de ne vous relâcher point, et de garder un esprit gai, pour le dessein que j'ai d'achever notre ouvrage.

ISIDORE. – Je conserverai pour cela toute la gaieté qu'il faut.

Scène 13

DOM PÈDRE, ISIDORE

ISIDORE. – Qu'en dites-vous ? ce gentilhomme me paraît le plus civil[2] du monde, et l'on doit demeurer d'accord que les Français ont quelque chose en eux de poli, de galant[3], que n'ont point les autres nations.

DOM PÈDRE. – Oui ; mais ils ont cela de mauvais, qu'ils s'émancipent un peu trop[4], et s'attachent, en étourdis, à conter des fleurettes[5] à tout ce qu'ils rencontrent.

---

1. ***Serrer*** : emballer.
2. ***Civil*** : poli.
3. ***Galant*** : séducteur (adjectif).
4. ***Ils s'émancipent un peu trop*** : ils prennent un peu trop de libertés.
5. ***Conter des fleurettes*** : faire la cour.

Isidore. – C'est qu'ils savent qu'on plaît aux dames par ces choses.

Dom Pèdre. – Oui ; mais s'ils plaisent aux dames, ils déplaisent fort aux messieurs ; et l'on n'est point bien aise de voir, sur sa moustache[1], cajoler[2] hardiment sa femme ou sa maîtresse.

Isidore. – Ce qu'ils en font n'est que par jeu.

Scène 14

Climène, Dom Pèdre, Isidore

Climène *(voilée)*. – Ah ! seigneur cavalier, sauvez-moi, s'il vous plaît, des mains d'un mari furieux dont je suis poursuivie. Sa jalousie est incroyable, et passe, dans ses mouvements, tout ce qu'on peut imaginer. Il va jusques à vouloir que je sois toujours voilée ; et pour m'avoir trouvée le visage un peu découvert, il a mis l'épée à la main, et m'a réduite à me jeter chez vous, pour vous demander votre appui contre son injustice. Mais je le vois paraître. De grâce, seigneur cavalier, sauvez-moi de sa fureur.

Dom Pèdre. – Entrez là-dedans avec elle, et n'appréhendez rien[3].

---

1. ***Sur sa moustache*** : sous son nez.
2. ***Cajoler*** : flatter.
3. ***N'appréhendez rien*** : n'ayez pas peur.

Scène 15

ADRASTE, DOM PEDRE

DOM PÈDRE. – Hé quoi ! Seigneur, c'est vous ? Tant de jalousie pour un Français ? Je pensais qu'il n'y eût que nous qui en fussions capables.

ADRASTE. – Les Français excellent toujours dans toutes les choses qu'ils font ; et quand nous nous mêlons d'être jaloux, nous le sommes vingt fois plus qu'un Sicilien. L'infâme croit avoir trouvé chez vous un assuré[1] refuge ; mais vous êtes trop raisonnable pour blâmer mon ressentiment[2]. Laissez-moi, je vous prie, la traiter comme elle mérite.

DOM PÈDRE. – Ah ! de grâce[3], arrêtez. L'offense est trop petite pour un courroux[4] si grand.

ADRASTE. – La grandeur d'une telle offense n'est pas dans l'importance des choses que l'on fait : elle est à transgresser les ordres qu'on nous donne ; et sur de pareilles matières, ce qui n'est qu'une bagatelle[5] devient fort criminel lorsqu'il est défendu.

DOM PÈDRE. – De la façon qu'elle a parlé, tout ce qu'elle en a fait a été sans dessein[6] ; et je vous prie enfin de vous remettre bien ensemble.

ADRASTE. – Hé quoi ! vous prenez son parti, vous qui êtes si délicat sur ces sortes de choses ?

---

1. ***Assuré*** : sûr.

2. ***Blâmer mon ressentiment*** : me reprocher ma jalousie.

3. ***De grâce*** : s'il vous plaît.

4. ***Courroux*** : colère (voir note 3, p. 93).

5. ***Bagatelle*** : chose peu importante.

6. ***Dessein*** : ici, mauvaise intention.

DOM PÈDRE. – Oui, je prends son parti ; et si vous voulez m'obliger, vous oublierez votre colère, et vous vous réconcilierez tous deux. C'est une grâce que je vous demande ; et je la recevrai comme un essai de l'amitié que je veux qui soit entre nous.

ADRASTE. – Il ne m'est pas permis, à ces conditions, de vous rien refuser ; je ferai ce que vous voudrez.

Scène 16

CLIMÈNE, ADRASTE, DOM PÈDRE

DOM PÈDRE. – Holà ! venez. Vous n'avez qu'à me suivre, et j'ai fait votre paix[1]. Vous ne pouviez jamais mieux tomber que chez moi.

CLIMÈNE. – Je vous suis obligée plus qu'on ne saurait croire ; mais je m'en vais prendre mon voile ; je n'ai garde, sans lui, de paraître à ses yeux.

DOM PÈDRE. – La voici qui s'en va venir[2] : et son âme, je vous assure, a paru toute réjouie lorsque je lui ai dit que j'avais raccommodé tout.

---

1. ***J'ai fait votre paix*** : je vous ai rapidement réconciliés.
2. ***Qui s'en va venir*** : qui vient.

Scène 17

ISIDORE, *sous le voile de Climène*, ADRASTE, DOM PÈDRE

DOM PÈDRE. – Puisque vous m'avez bien voulu donner votre ressentiment[1], trouvez bon qu'en ce lieu je vous fasse toucher dans la main l'un de l'autre, et que tous deux je vous conjure de vivre, pour l'amour de moi, dans une parfaite union.

ADRASTE. – Oui, je vous le promets, que, pour l'amour de vous, je m'en vais, avec elle, vivre le mieux du monde.

DOM PÈDRE. – Vous m'obligez sensiblement, et j'en garderai la mémoire.

ADRASTE. – Je vous donne ma parole, seigneur Dom Pèdre, qu'à votre considération, je m'en vais la traiter du mieux qu'il me sera possible.

DOM PÈDRE. – C'est trop de grâce que vous me faites. Il est bon de pacifier et d'adoucir toujours les choses. Holà ! Isidore, venez.

Scène 18

CLIMÈNE, DOM PÈDRE

DOM PÈDRE. – Comment ? que veut dire cela ?

CLIMÈNE *(sans voile)*. – Ce que cela veut dire ? Qu'un jaloux est un monstre haï de tout le monde, et qu'il n'y a personne qui ne soit ravi de lui nuire, n'y eût-il point

1. ***Donner votre ressentiment*** : abandonner votre colère.

d'autre intérêt[1] ; que toutes les serrures et les verrous du monde ne retiennent point les personnes, et que c'est le cœur qu'il faut arrêter par la douceur et par la complaisance[2] ; qu'Isidore est entre les mains du cavalier qu'elle aime, et que vous êtes pris pour dupe[3].

DOM PÈDRE. – Dom Pèdre souffrira cette injure mortelle ! Non, non : j'ai trop de cœur[4], et je vais demander l'appui de la justice, pour pousser le perfide[5] à bout. C'est ici le logis d'un sénateur. Holà !

Scène 19

LE SÉNATEUR, DOM PÈDRE

LE SÉNATEUR. – Serviteur, seigneur Dom Pèdre. Que vous venez à propos[6] !

DOM PÈDRE. – Je viens me plaindre à vous d'un affront qu'on m'a fait.

LE SÉNATEUR. – J'ai fait une mascarade[7] la plus belle du monde.

DOM PÈDRE. – Un traître de Français m'a joué une pièce[8].

---

1. ***N'y eût-il point d'autre intérêt*** : même s'il n'y a pas d'autre raison que celle de nuire.
2. ***Complaisance*** : témoignage d'affection.
3. ***Pris pour dupe*** : trompé.
4. ***Cœur*** : fierté.
5. ***Perfide*** : traître.
6. ***À propos*** : au bon moment, au bon endroit.
7. ***Mascarade*** : danse exécutée par des gens portant des masques.
8. ***M'a joué une pièce*** : m'a trompé.

LE SÉNATEUR. – Vous n'avez, dans votre vie, jamais rien vu de si beau.

DOM PÈDRE. – Il m'a enlevé une fille que j'avais affranchie.

LE SÉNATEUR. – Ce sont gens vêtus en Maures[1], qui dansent admirablement.

DOM PÈDRE. – Vous voyez si c'est une injure qui se doive souffrir.

LE SÉNATEUR. – Les habits merveilleux, et qui sont faits exprès.

DOM PÈDRE. – Je vous demande l'appui de la justice contre cette action.

LE SÉNATEUR. – Je veux que vous voyiez cela. On la va répéter, pour en donner le divertissement au peuple.

DOM PÈDRE. – Comment ? de quoi parlez-vous là ?

LE SÉNATEUR. – Je parle de ma mascarade.

DOM PÈDRE. – Je vous parle de mon affaire.

LE SÉNATEUR. – Je ne veux point aujourd'hui d'autres affaires que de plaisir. Allons, Messieurs, venez : voyons si cela ira bien.

DOM PÈDRE. – La peste soit du fou, avec sa mascarade !

LE SÉNATEUR. – Diantre soit le fâcheux, avec son affaire !

Scène dernière

Plusieurs Maures font une danse entre eux, par où finit la comédie.

Fin

---

1. ***Maures*** : voir note 2, p. 84.

© Photo Cosimo Mirco Magliocca

■ Photo de la représentation du *Sicilien ou l'Amour peintre* à la Comédie-Française en 2005 (mise en scène Jean-Marie Villégier et Jonathan Duverger).

DOSSIER

- Avez-vous bien lu ?
- Parlez-vous la langue de Molière ?
- La satire de la médecine
- Valets et servantes dans les comédies de Molière
- La comédie-ballet, un spectacle total
- La mise en scène des comédies-ballets

Avez-vous bien lu ?

Le contexte de création : retenir l'essentiel

Pour compléter le texte suivant, relisez la présentation de l'édition, p. 5 à 20.

Molière est le pseudonyme choisi par .... Alors que son père le destinait à être, comme lui, ..., il choisit de devenir comédien et, en compagnie de Madeleine Béjart et de ses frères, il monte sa première troupe, qu'il nomme .... Malgré des débuts difficiles, Molière rencontre un grand succès, à partir de 1658, en tant que comédien et dramaturge, si bien que le roi .... lui confie le théâtre du Petit-Bourbon, puis celui du Palais-Royal, qu'il doit partager avec la troupe des comédiens-italiens. Le souverain lui commande également des spectacles qui seront montés à la cour : des comédies-ballets. Ces spectacles mêlent trois disciplines : ...., ... et .... Ils sont mis en scène dans des décors somptueux. À la demande du roi, Molière travaille souvent en collaboration avec le musicien italien .... Ensemble, ils montent de nombreux spectacles, comme ...., représenté à Versailles en 1665, et *Le Sicilien ou l'Amour peintre*, créé en 1667 à l'occasion d'une grande fête de plusieurs jours qui eut lieu au château de Saint-Germain-en-Laye, et qui s'intitulait ....

Au fil des textes

L'Amour médecin

Prologue

1. Qui sont les personnages présents sur scène ? Feront-ils partie de la comédie ?

2. Que signifie l'expression qui ouvre le spectacle : « Quittons, quittons notre vaine querelle » ?

3. Qui est le « plus grand roi du monde » ? Pourquoi est-il évoqué dans ce prologue ?

4. Quelles sont les fonctions de ce prologue ?

Acte I

5. À la scène 1, pourquoi Sganarelle est-il soucieux ? Pourquoi refuse-t-il de suivre les conseils de M. Guillaume, de M. Josse, d'Aminte et de Lucrèce ? Quels sont les principaux traits de caractère de Sganarelle ?

6. À la scène 2, que souhaite Lucinde ? Comment l'exprime-t-elle ?

7. À la scène 3, qui est Lisette ? Que tente-t-elle de faire comprendre à Sganarelle ?

8. À la scène 4, qu'avoue Lucinde à Lisette ? Que promet Lisette à Lucinde ?

9. À la scène 5, qu'avoue Sganarelle dans son monologue ? Pourquoi ne souhaite-t-il pas que sa fille se marie ?

10. À la scène 6, comment Lisette se moque-t-elle de Sganarelle ? Grâce à quel personnage le ballet est-il introduit ?

Acte II

11. Dans les scènes 1 et 2, que reproche Lisette aux médecins ?

12. Dans les scènes 3 et 4, sur quels points M. des Fonandrès et M. Tomès sont-ils d'accord ? Sur quels sujets s'opposent-ils ?

13. À la scène 5, quel type de vocabulaire les deux médecins emploient-ils ? Pourquoi Sganarelle s'exclame-t-il « L'un va en tortue, et l'autre court la poste » ?

14. Dans les scènes 6 et 7, quel sentiment éprouve Sganarelle après la consultation des médecins ? Pourquoi ? Quelle solution trouve-t-il finalement ?

Acte III

15. À la scène 1, que reproche M. Filerin aux médecins ? Quel accord passent M. Tomès et M. des Fonandrès ?

16. À la scène 2, comment Lisette se moque-t-elle de M. Tomès ?

17. De la scène 3 à la scène 5, qui est Clitandre ? Comment est-il habillé ? Pourquoi ?

18. Dans les scènes 6 et 7, pourquoi Sganarelle accepte-t-il finalement que Clitandre épouse Lucinde ?

19. À la dernière scène, que signifie l'expression de Lisette : « la bécasse est bridée » ?

Le Sicilien ou l'Amour peintre

1. De la scène 1 à la scène 6, pourquoi Adraste souhaite-t-il voir Isidore ? Pourquoi Dom Pèdre l'en empêche-t-il ?

2. Dans les scènes 7 et 8, comment Hali parvient-il à approcher Isidore, et à lui faire savoir que son maître est amoureux d'elle ?

3. De la scène 9 à la scène 11, comment Adraste réussit-il à approcher la jeune fille ?

4. À la scène 12, comment Hali parvient-il à détourner l'attention de Dom Pèdre ?

5. De la scène 13 à la scène 16, qui Climène prétend-elle être ? Qui est-elle en vérité ?

6. À la scène 17, comment Isidore réussit-elle à se faire passer pour Climène ?

7. De la scène 17 à la dernière scène, que croit faire Dom Pèdre ? Que fait-il en réalité ?

Parlez-vous la langue de Molière ?

Expressions et proverbes dans *L'Amour médecin*

La comédie de Molière rencontra un tel succès que plusieurs de ses répliques devinrent proverbiales. Saurez-vous attribuer à chacune sa signification ?

« Qui terre a, guerre a »	•	•	Vos conseils sont intéressés
« Un malheur ne vient jamais sans l'autre »	•	•	Quand on ne comprend pas quelque chose, c'est souvent que l'on fait exprès
« Il n'y a point de pires sourds que ceux qui ne veulent point entendre »	•	•	Quand on est riche, il faut s'attendre à rencontrer des difficultés
« Vous êtes orfèvre, Monsieur Josse »	•	•	Il arrive souvent que les malchances s'accumulent

Du français de Molière au français d'aujourd'hui

Récrivez les phrases suivantes en utilisant une construction plus moderne : quelle différence constatez-vous entre le français du XVIIe siècle et celui d'aujourd'hui ?

« Mais, dis-moi, me veux-tu faire mourir de déplaisir ? » (*L'Amour médecin*, acte I, scène 2) :

....

« Va, fille ingrate, je ne te veux plus parler » (*L'Amour médecin*, acte I, scène 3) :

....

« Rentrons, et me laissez agir » (*L'Amour médecin*, acte I, scène 4)

....

« Qui laisse monter les gens sans nous en venir avertir ? » (*Le Sicilien ou l'Amour peintre*, scène 12) :

....

Vocabulaire et étymologie

1. Quels sont les points communs entre les mots suivants, du point de vue du sens et du point de vue de leur formation ?

Déplaisir ; infortune ; disgrâce ; désespoir ; inquiétude.

2. Dans la liste suivante, identifiez les préfixes des mots et trouvez les deux intrus qui se sont glissés :

Incertain ; incommode ; inclination ; infatigable ; infortune ; ingrate ; injustice ; intérêt ; inutile ; impureté.

La satire de la médecine

La médecine au temps de Molière

Dans de nombreuses comédies, Molière dresse un portrait féroce de la médecine de son temps. Mais celle-ci ressemble peu à celle que nous connaissons aujourd'hui. Au XVIIe siècle, dans les facultés de médecine, on apprend, sans les remettre en cause, des préceptes qui ont été établis dans l'Antiquité grecque, notamment par Hippocrate (v. 460-v. 370 av. J.-C.). On enseigne ainsi aux futurs médecins que le corps humain est parcouru par quatre substances fluides, les « humeurs » : la « bile rouge » (le sang), le flegme (parfois appelé « bile blanche »), la « bile jaune » et la « bile noire ». La bonne santé provient de l'équilibre de ces quatre substances dans le corps, et la maladie, qu'elle soit physique ou psychologique, de la prédominance de l'une d'elles dans une partie du corps.
Pour soigner le malade, il faut donc « purger » son corps, c'est-à-dire en extraire la bile malsaine. Pour cela, on peut pratiquer une « saignée » (c'est-à-dire retirer du sang en ouvrant les veines), employer un émétique (c'est-à-dire donner au patient un médicament qui le fait vomir), ou encore prescrire au malade un « lavement » (c'est-à-dire lui introduire de l'eau par l'anus pour nettoyer ses intestins).

L'art de la caricature dans *L'Amour médecin*

Dans *L'Amour médecin*, Molière fait rire le public en mettant en scène quatre médecins grotesques. Les spectateurs du XVIIe siècle pouvaient reconnaître en chacun d'eux de vrais médecins qu'ils connaissaient bien : ainsi, M. des Fonandrès est la caricature d'un célèbre médecin de Paris, M. des Fougerais ; M. Bahys celle de M. Esprit, premier médecin de Monsieur, frère du roi ; M. Filerin celle de M. Yvelin, premier médecin de Madame (femme de Monsieur, frère du roi) ; M. Macroton celle de M. Guénaut, médecin de la reine ; enfin, sous les traits de M. Tomès, se cache M. d'Acquin, un des médecins du roi. Pour permettre au public d'identifier ses modèles, et pour différencier quatre personnages qui ont la même fonction dans la pièce, Molière a pris soin de doter chacun de caractéristiques propres. Après avoir relu le deuxième acte de *L'Amour médecin*, attribuez à chaque médecin le trait qui le caractérise.

M. Bahys	•	•	Il bégaye
M. des Fonandrès	•	•	Il parle très lentement
M. Macroton	•	•	Il refuse d'admettre qu'il peut se tromper
M. Tomès	•	•	Il se vante d'avoir plus de patients que les autres médecins

La satire des médecins avant Molière : deux gravures d'Abraham Bosse

Abraham Bosse (1604-1676) est un graveur qui connut un très grand succès dans le premier tiers du XVIIe siècle. Environ trente ans avant la création de *L'Amour médecin*, et alors que Molière est encore un enfant, il représente lui aussi dans ses œuvres des médecins inquiétants.

Le Clystère **(v. 1632-1633 ; voir ci-contre)**

1. Décrivez le médecin au centre de l'image : quelle est son attitude ? Que tient-il à la main ?

2. Tout à fait à gauche de l'image, observez l'objet apporté par la servante : de quoi s'agit-il ? Quelle opération le médecin s'apprête-t-il à effectuer ?

3. Décrivez l'attitude de la seconde servante, à gauche du médecin : que cherche-t-elle à faire ? Selon vous, pourquoi ?

4. Quelle image de la médecine la gravure donne-t-elle ? En quoi peut-on rapprocher cette dernière de la comédie de Molière ?

La Saignée **(1632 ; voir p. 130)**

1. Quelle opération la gravure représente-t-elle ? Quels éléments vous permettent de répondre à cette question ?

2. Décrivez le médecin, au centre de l'image : quelle est son attitude ?

3. Décrivez l'attitude de la patiente et celle du serviteur à sa droite : que nous indiquent-elles ?

4. Quelle image de la médecine la gravure donne-t-elle ? En quoi peut-on rapprocher cette dernière de la comédie de Molière ?

La satire des médecins, un thème majeur des comédies de Molière

Le Médecin volant (1659) est l'une des premières pièces créées par Molière au théâtre du Petit-Bourbon. Composée d'un seul acte, inspirée de la farce et de la *commedia dell'arte*, elle comporte déjà, six ans avant *L'Amour médecin*, une satire féroce de la médecine.

■ Abraham Bosse, *Le Clystère* (ancien nom du lavement), v. 1632-1633.

■ Abraham Bosse, *La Saignée*, 1632.

Lucile aime Valère et elle en est aimée. Mais son père, Gorgibus, veut la marier à un autre. Sur les conseils de sa cousine Sabine, Lucile feint d'être malade pour recevoir la visite d'un docteur compatissant qui lui conseille de s'installer au grand air où son amant pourra la rejoindre. Sabine suggère à Valère de faire jouer ce rôle de médecin à son propre valet, Sganarelle...

Scène 4

SABINE. – Je vous trouve à propos[1], mon oncle, pour vous apprendre une bonne nouvelle. Je vous amène le plus habile médecin du monde, un homme qui vient des pays étrangers, qui sait les plus beaux secrets, et qui sans doute guérira ma cousine. On me l'a indiqué[2] par bonheur, et je vous l'amène. Il est si savant que je voudrais de bon cœur être malade, afin qu'il me guérît.

GORGIBUS. – Où est-il donc ?

SABINE. – Le voilà qui me suit ; tenez, le voilà.

GORGIBUS. – Très humble serviteur à Monsieur le Médecin ! Je vous envoie quérir[3] pour voir ma fille, qui est malade ; je mets toute mon espérance en vous.

SGANARELLE. – Hippocrate dit, et Galien[4] par vives raisons[5] persuade qu'une personne ne se porte pas bien quand elle est malade. Vous avez raison de mettre votre espérance en moi ; car je suis le plus grand, le plus

---

1. ***À propos*** : voir note 6, p. 116.
2. ***Indiqué*** : conseillé.
3. ***Quérir*** : voir note 1, p. 49.
4. ***Galien*** : médecin grec (v. 131-v. 201) à l'origine de nombreuses découvertes en anatomie. Son œuvre a joui d'un grand prestige jusqu'au XVIIe siècle.
5. ***Par vives raisons*** : à l'aide d'arguments convaincants.

habile, le plus docte[1] médecin qui soit dans la faculté végétale, sensitive et minérale[2].

GORGIBUS. – J'en suis fort ravi.

SGANARELLE. – Ne vous imaginez pas que je sois un médecin ordinaire, un médecin du commun. Tous les autres médecins ne sont, à mon égard, que des avortons de médecine[3]. J'ai des talents particuliers, j'ai des secrets. *Salamalec, salamalec*[4]. «Rodrigue, as-tu du cœur[5] ?» *Signor, si ; segnor, non. Per omnia sæcula sæculorum*[6]. Mais encore voyons un peu.

SABINE. – Hé! Ce n'est pas lui qui est malade, c'est sa fille.

SGANARELLE. – Il n'importe : le sang du père et de la fille ne sont qu'une même chose; et par l'altération[7] de celui du père, je puis connaître la maladie de la fille. Monsieur Gorgibus, y aurait-il moyen de voir de l'urine de l'égrotante[8] ?

GORGIBUS. – Oui-da[9] ; Sabine, vite allez quérir de l'urine

---

1. ***Docte*** : savant.
2. ***Faculté végétale, sensitive et minérale*** : remèdes tirés des végétaux, des animaux et des minéraux.
3. ***Avortons de médecine*** : petits médecins.
4. ***Salamalec*** : «Que la paix soit avec vous», en arabe (formule de salutation).
5. ***«Rodrigue, as-tu du cœur ?»*** : célèbre réplique tirée du *Cid* de Corneille (1637).
6. ***Signor, si ; segnor, non. Per omnia sæcula sæculorum*** : «Oui Monsieur, non Monsieur, pour tous les siècles des siècles.» Le comique provient ici du mélange de deux langues, l'italien et le latin, et de deux discours, le profane et le religieux.
7. ***Altération*** : dégradation.
8. ***L'égrotante*** : la malade.
9. ***Oui-da*** : voir note 1, p. 76.

de ma fille. Monsieur le médecin, j'ai grand'peur qu'elle ne meure.

SGANARELLE. – Ah ! qu'elle s'en garde bien ! Il ne faut pas qu'elle s'amuse à se laisser mourir sans l'ordonnance du médecin. Voilà de l'urine qui marque grande chaleur, grande inflammation dans les intestins : elle n'est pas tant mauvaise pourtant.

GORGIBUS. – Hé quoi ? Monsieur, vous l'avalez ?

SGANARELLE. – Ne vous étonnez pas de cela ; les médecins, d'ordinaire, se contentent de la regarder ; mais moi, qui suis un médecin hors du commun, je l'avale, parce qu'avec le goût je discerne bien mieux la cause et les suites de la maladie[1]. Mais, à vous dire la vérité, il y en avait trop peu pour asseoir un bon jugement[2] : qu'on la fasse encore pisser.

SABINE. – J'ai bien eu de la peine à la faire pisser.

SGANARELLE. – Que cela ? Voilà bien de quoi ! Faites-la pisser copieusement, copieusement. Si tous les malades pissent de la sorte, je veux être médecin toute ma vie.

SABINE. – Voilà tout ce qu'on peut avoir : elle ne peut pas pisser davantage.

SGANARELLE. – Quoi ? Monsieur Gorgibus, votre fille ne pisse que des gouttes ? Voilà une pauvre pisseuse que votre fille ; je vois bien qu'il faudra que je lui ordonne une potion pissative[3]. [...]

Le Médecin volant, La Jalousie du Barbouillé,
éd. Dominique Lanni, GF-Flammarion,
« Étonnants Classiques », 2006, p. 63-66.

---

1. ***Suites de la maladie*** : conséquences, manifestations de la maladie.
2. ***Asseoir un bon jugement*** : établir un bon diagnostic.
3. ***Pissative*** : qui fait uriner.

1. Comment Sganarelle fait-il croire à Gorgibus qu'il est médecin ?

2. Quel vocabulaire emploie-t-il ? Quelle langue fait-il semblant de parler ?

3. Quel jugement porte-t-il sur les autres médecins ?

La satire des médecins après Molière

L'*Histoire de Gil Blas de Santillane* est un roman picaresque, écrit dans le premier tiers du XVIIIe siècle (1715-1735) par le romancier et auteur dramatique Alain René Lesage (1668-1747). Il raconte les voyages et les rencontres de son héros, Gil Blas. Après bien des aventures, ce dernier entre comme valet au service de don Vincent, un seigneur espagnol.

Il arriva, peu de temps après cette aventure, que le seigneur don Vincent tomba malade. Quand il n'aurait pas été dans un âge fort avancé[1], les symptômes de sa maladie parurent si violents, qu'on eût craint un événement funeste[2]. Dès le commencement du mal, on fit venir les deux plus fameux médecins de Madrid. L'un s'appelait le docteur Andros, et l'autre le docteur Oquetos. Ils examinèrent attentivement le malade, et convinrent tous deux, après une exacte observation, que les humeurs étaient en fougue[3] ; mais ils ne s'accordèrent qu'en cela l'un et l'autre. « Il faut, dit Andros, se hâter de purger les humeurs,

1. ***Quand il n'aurait pas été dans un âge fort avancé*** : même s'il n'avait pas été très vieux.

2. ***Événement funeste*** : la mort.

3. ***En fougue*** : en proie à des mouvements violents.

quoique crues[1], pendant qu'elles sont dans une agitation violente de flux et de reflux, de peur qu'elles ne se fixent sur quelque partie noble[2].» Oquetos soutint au contraire qu'il fallait attendre que les humeurs fussent cuites, avant que d'employer le purgatif. «Mais votre méthode, reprit le premier, est directement opposée à celle du prince de la médecine[3]. Hippocrate avertit de purger dans la plus ardente fièvre, dès les premiers jours, et dit, en termes formels[4], qu'il faut être prompt à purger quand les humeurs sont en *orgasme*[5], c'est-à-dire en fougue. – Oh! c'est ce qui vous trompe, repartit[6] Oquetos. Hippocrate, par le mot d'*orgasme*, n'entend pas la fougue; il entend plutôt la coction[7] des humeurs.»

Là-dessus nos docteurs s'échauffent. L'un rapporte le texte grec, et cite tous les auteurs qui l'ont expliqué comme lui; l'autre, s'en fiant à une traduction latine, le prend sur un ton encore plus haut. Qui des deux croire? Don Vincent n'était pas homme à décider la question. Cependant, se voyant obligé d'opter[8], il donna sa confiance à celui des deux qui avait le plus expédié[9] de malades, je veux dire au

---

1. ***Crues*** : froides; dont la chaleur naturelle est insuffisante.
2. ***Partie noble*** : expression qui servait à désigner le foie, le cerveau, le cœur.
3. ***Prince de la médecine*** : expression qui sert à désigner Hippocrate (périphrase).
4. ***Formels*** : précis.
5. ***Orgasme*** est un mot grec. Les deux médecins ne sont pas d'accord sur la traduction de ce mot.
6. ***Repartit*** : répondit.
7. ***Coction*** : réchauffement.
8. ***D'opter*** : de choisir.
9. ***Expédié*** : tué.

plus vieux. Aussitôt Andros, qui était le plus jeune, se retira, non sans lancer à son ancien quelques traits railleurs[1] sur l'*orgasme*. Voilà donc Oquetos triomphant. Comme il était dans les principes du docteur Sangrado[2], il commença par faire saigner abondamment le malade, attendant, pour le purger, que les humeurs fussent cuites, mais la mort, qui craignait sans doute qu'une purgation si sagement différée ne lui enlevât sa proie, prévint la coction et emporta mon maître. Telle fut la fin du seigneur don Vincent, qui perdit la vie parce que son médecin ne savait pas le grec.

Histoire de Gil Blas de Santillane, éd. Roger Laufer, GF-Flammarion, 1977, p. 185-186.

1. Quel type de vocabulaire emploient les deux médecins ?

2. Pourquoi peut-on rapprocher cet extrait du deuxième acte de *L'Amour médecin* ?

3. Transformez ce texte narratif en une courte scène de comédie.

---

1. ***Railleurs*** : voir note 3, p. 69.

2. Le docteur Sangrado est un médecin chez qui Gil Blas a fait son apprentissage.

Valets et servantes dans les comédies de Molière

Le valet rusé est une figure récurrente des comédies de Molière, qui s'inspire des personnages de la *commedia dell'arte*, tels Arlequin et Brighella : vifs et débrouillards, ces *zanni* se plaisent à jouer des tours aux vieillards avares et grincheux. Nous vous invitons à découvrir les serviteurs de deux pièces de Molière qui ont bien des points communs avec Lisette et Hali.

Covielle, un valet déguisé (*Le Bourgeois gentilhomme*, 1670)

M. Jourdain est un bourgeois qui voudrait être gentilhomme, c'est-à-dire noble. Il refuse de donner la main de sa fille Lucile à Cléonte, car il veut qu'elle épouse un aristocrate. Covielle, le valet de Cléonte, décide d'aider son maître et de tromper M. Jourdain. Il se présente à lui « vêtu en voyageur ».

Acte IV, scène 3

COVIELLE. – Monsieur, je ne sais pas si j'ai l'honneur d'être connu de vous.

M. JOURDAIN. – Non, Monsieur.

COVIELLE. – Je vous ai vu que vous n'étiez pas plus grand que cela.

M. JOURDAIN. – Moi ?

COVIELLE. – Oui, vous étiez le plus bel enfant du monde, et toutes les dames vous prenaient dans leurs bras pour vous baiser[1].

1. ***Baiser*** : voir note 1, p. 105.

M. JOURDAIN. – Pour me baiser ?

COVIELLE. – Oui. J'étais grand ami de feu[1] Monsieur votre père.

M. JOURDAIN. – De feu Monsieur mon père ?

COVIELLE. – Oui. C'était un fort honnête gentilhomme[2].

M. JOURDAIN. – Comment dites-vous ?

COVIELLE. – Je dis que c'était un fort honnête gentilhomme.

M. JOURDAIN. – Mon père ?

COVIELLE. – Oui.

M. JOURDAIN. – Vous l'avez fort connu ?

COVIELLE. – Assurément.

M. JOURDAIN. – Et vous l'avez connu pour gentilhomme ?

COVIELLE. – Sans doute.

M. JOURDAIN. – Je ne sais donc pas comment le monde est fait.

COVIELLE. – Comment ?

M. JOURDAIN. – Il y a de sottes gens qui me veulent dire qu'il a été marchand.

COVIELLE. – Lui marchand ? C'est pure médisance, il ne l'a jamais été. Tout ce qu'il faisait, c'est qu'il était fort obligeant, fort officieux[3] ; et comme il se connaissait fort bien en étoffes, il en allait choisir de tous les côtés, les faisait apporter chez lui, et en donnait à ses amis pour de l'argent.

M. JOURDAIN. – Je suis ravi de vous connaître, afin que vous rendiez ce témoignage-là, que mon père était gentilhomme.

---

1. ***Feu*** : qui est mort.
2. ***Honnête gentilhomme*** : homme du monde qui se distingue par ses manières et par ses connaissances.
3. ***Obligeant, officieux*** : ici, serviable.

COVIELLE. – Je le soutiendrai[1] devant tout le monde.

M. JOURDAIN. – Vous m'obligerez[2]. Quel sujet vous amène ?

COVIELLE. – Depuis avoir connu feu Monsieur votre père, honnête gentilhomme, comme je vous ai dit, j'ai voyagé par tout le monde[3].

M. JOURDAIN. – Par tout le monde ?

COVIELLE. – Oui.

M. JOURDAIN. – Je pense qu'il y a bien loin en ce pays-là.

COVIELLE. – Assurément. Je ne suis revenu de tous mes longs voyages que depuis quatre jours ; et par l'intérêt que je prends à tout ce qui vous touche, je viens vous annoncer la meilleure nouvelle du monde.

M. JOURDAIN. – Quelle[4] ?

COVIELLE. – Vous savez que le fils du Grand Turc est ici ?

M. JOURDAIN. – Moi ? Non.

COVIELLE. – Comment ? il a un train[5] tout à fait magnifique ; tout le monde le va voir, et il a été reçu en ce pays comme un seigneur d'importance.

M. JOURDAIN. – Par ma foi ! je ne savais pas cela.

COVIELLE. – Ce qu'il y a d'avantageux pour vous, c'est qu'il est amoureux de votre fille.

M. JOURDAIN. – Le fils du Grand Turc ?

COVIELLE. – Oui ; et il veut être votre gendre.

M. JOURDAIN. – Mon gendre, le fils du Grand Turc ?

---

1. ***Je le soutiendrai*** : je l'affirmerai comme vrai.

2. ***Vous m'obligerez*** : voir note 4, p. 96.

3. ***Par tout le monde*** : dans le monde entier.

4. ***Quelle ?*** : laquelle ?

5. ***Train*** : suite de valets et de chevaux qui accompagnent un grand seigneur.

COVIELLE. – Le fils du Grand Turc votre gendre. Comme je le fus voir[1], et que j'entends[2] parfaitement sa langue, il s'entretint[3] avec moi ; et, après quelques autres discours, il me dit : *Acciam croc soler ouch alla moustaph gidelum amanahem varahini oussere carbulath*, c'est-à-dire : « N'as-tu point vu une jeune belle personne, qui est la fille de Monsieur Jourdain, gentilhomme parisien ? »

M. JOURDAIN. – Le fils du Grand Turc dit cela de moi ?

COVIELLE. – Oui. Comme je lui eus répondu que je vous connaissais particulièrement, et que j'avais vu votre fille : « Ah ! me dit-il, *marababa sahem* » ; c'est-à-dire « Ah ! que je suis amoureux d'elle ! »

M. JOURDAIN. – *Marababa sahem* veut dire « Ah ! que je suis amoureux d'elle » ?

COVIELLE. – Oui.

M. JOURDAIN. – Par ma foi ! vous faites bien de me le dire, car pour moi je n'aurais jamais cru que *marababa sahem* eût voulu dire : « Ah ! que je suis amoureux d'elle ! » Voilà une langue admirable que ce turc !

COVIELLE. – Plus admirable qu'on ne peut croire. Savez-vous bien ce que veut dire *cacaracamouchen* ?

M. JOURDAIN. – *Cacaracamouchen* ? Non.

COVIELLE. – C'est-à-dire : « Ma chère âme. »

M. JOURDAIN. – *Cacaracamouchen* veut dire « Ma chère âme » ?

COVIELLE. – Oui.

---

1. ***Je le fus voir*** : je lui ai rendu visite.
2. ***J'entends*** : voir note 1, p. 87.
3. ***Il s'entretint*** : voir note 3, p. 99.

M. JOURDAIN. – Voilà qui est merveilleux ! *Cacaracamouchen*, « Ma chère âme ». Dirait-on jamais cela ? Voilà qui me confond[1].

COVIELLE. – Enfin, pour achever mon ambassade[2], il vient vous demander votre fille en mariage ; et pour avoir un beau-père qui soit digne de lui, il veut vous faire *Mamamouchi*, qui est une certaine grande dignité de son pays.

M. JOURDAIN. – *Mamamouchi*[3] ?

COVIELLE. – Oui, *Mamamouchi* ; c'est-à-dire, en notre langue, Paladin. Paladin, ce sont de ces anciens… Paladin enfin. Il n'y a rien de plus noble que cela dans le monde, et vous irez de pair avec les plus grands seigneurs de la terre.

M. JOURDAIN. – Le fils du Grand Turc m'honore beaucoup, et je vous prie de me mener chez lui pour lui faire mes remerciements.

Le Bourgeois gentilhomme, éd. Sophie Sallandrouze,
GF-Flammarion, « Étonnants Classiques »,
2001, rééd. 2006, p. 107-111.

1. Comment Covielle parvient-il à s'attirer la sympathie de M. Jourdain ?

2. Comment parvient-il à lui faire croire à son histoire ?

3. Pourquoi peut-on rapprocher cette scène de *L'Amour médecin* et du *Sicilien ou l'Amour peintre* ?

---

1. ***Me confond*** : m'étonne, me stupéfie.
2. ***Ambassade*** : ici, message.
3. ***Mamamouchi*** : d'après le Littré, ce mot burlesque ne désigne en réalité aucune dignité chez les musulmans. Il vient de la contraction des mots arabes *ma menou schi*, « non bonne chose », et signifierait « bon à rien ».

Scapin, le roi des fourbes (*Les Fourberies de Scapin*, 1671)

Léandre a besoin de cinq cents écus pour payer la rançon réclamée par des brigands qui ont enlevé sa bien-aimée. Mais il ne peut les demander à son père, Géronte, qui ignore tout de ses amours et qui a d'autres projets de mariage pour lui. Scapin, le valet du jeune homme, invente une ruse pour soutirer la somme à Géronte.

Acte II, scène 7

SCAPIN. – Ô Ciel ! ô disgrâce[1] imprévue ! ô misérable père ! Pauvre Géronte, que feras-tu ?

GÉRONTE. – Que dit-il là de moi, avec ce visage affligé ?

SCAPIN. – N'y a-t-il personne qui puisse me dire où est le seigneur Géronte ?

GÉRONTE. – Qu'y a-t-il, Scapin ?

SCAPIN. – Où pourrai-je le rencontrer, pour lui dire cette infortune[2] ?

GÉRONTE. – Qu'est-ce que c'est donc ?

SCAPIN. – En vain je cours de tous côtés pour le pouvoir trouver.

GÉRONTE. – Me voici.

SCAPIN. – Il faut qu'il soit caché en quelque endroit qu'on ne puisse point deviner.

GÉRONTE. – Holà ! es-tu aveugle, que tu ne me vois pas ?

SCAPIN. – Ah ! Monsieur, il n'y a pas moyen de vous rencontrer.

---

1. ***Disgrâce*** : malheur.
2. ***Infortune*** : voir note 4, p. 47.

GÉRONTE. – Il y a une heure que je suis devant toi. Qu'est-ce que c'est donc qu'il y a ?

SCAPIN. – Monsieur…

GÉRONTE. – Quoi ?

SCAPIN. – Monsieur, votre fils…

GÉRONTE. – Hé bien ! mon fils…

SCAPIN. – Est tombé dans une disgrâce la plus étrange du monde.

GÉRONTE. – Et quelle ?

SCAPIN. – Je l'ai trouvé tantôt tout triste, de je ne sais quoi que vous lui avez dit, où vous m'avez mêlé assez mal à propos ; et, cherchant à divertir cette tristesse, nous nous sommes allés promener sur le port. Là, entre autres plusieurs choses, nous avons arrêté nos yeux sur une galère[1] turque assez bien équipée. Un jeune Turc de bonne mine[2] nous a invités d'y entrer, et nous a présenté la main. Nous y avons passé ; il nous a fait mille civilités[3], nous a donné la collation[4], où nous avons mangé des fruits les plus excellents qui se puissent voir, et bu du vin que nous avons trouvé le meilleur du monde.

GÉRONTE. – Qu'y a-t-il de si affligeant[5] à tout cela ?

SCAPIN. – Attendez, Monsieur, nous y voici. Pendant que nous mangions, il a fait mettre la galère en mer, et, se voyant éloigné du port, il m'a fait mettre dans un esquif, et m'envoie vous dire que, si vous ne lui envoyez

---

1. *Galère* : navire de guerre.
2. *De bonne mine* : à l'air honnête.
3. *Civilités* : politesses.
4. *Collation* : repas léger.
5. *Affligeant* : triste.

par moi[1] tout à l'heure[2] cinq cents écus[3], il va vous emmener votre fils en Alger[4].

GÉRONTE. – Comment, diantre[5] ! cinq cents écus ?

SCAPIN. – Oui, Monsieur ; et de plus, il ne m'a donné pour cela que deux heures.

GÉRONTE. – Ah ! le pendard de Turc, m'assassiner de la façon !

SCAPIN. – C'est à vous, Monsieur, d'aviser promptement aux moyens de sauver des fers[6] un fils que vous aimez avec tant de tendresse.

GÉRONTE. – Que diable allait-il faire dans cette galère ?

SCAPIN. – Il ne songeait pas à ce qui est arrivé.

GÉRONTE. – Va-t'en, Scapin, va-t'en vite dire à ce Turc que je vais envoyer la justice après lui.

SCAPIN. – La justice en pleine mer ! Vous moquez-vous des gens ?

GÉRONTE. – Que diable allait-il faire dans cette galère ?

SCAPIN. – Une méchante destinée conduit quelquefois les personnes.

GÉRONTE. – Il faut, Scapin, il faut que tu fasses ici l'action d'un serviteur fidèle.

SCAPIN. – Quoi, Monsieur ?

GÉRONTE. – Que tu ailles dire à ce Turc qu'il me renvoie mon fils, et que tu te mets à sa place jusqu'à ce que j'aie amassé la somme qu'il demande.

---

1. ***Par moi*** : par mon intermédiaire.
2. ***Tout à l'heure*** : voir note 5, p. 58.
3. ***Écus*** : voir note 1, p. 78.
4. ***En Alger*** : à Alger, ville d'Algérie.
5. ***Diantre*** : voir note 5, p. 87.
6. ***D'aviser promptement aux moyens de sauver des fers*** : de trouver rapidement le moyen de libérer.

SCAPIN. – Eh ! Monsieur, songez-vous à ce que vous dites ? et vous figurez-vous que ce Turc ait si peu de sens que d'aller recevoir un misérable comme moi à la place de votre fils ?

Géronte. – Que diable allait-il faire dans cette galère ?

SCAPIN. – Il ne devinait pas ce malheur. Songez, Monsieur, qu'il ne m'a donné que deux heures.

Géronte. – Tu dis qu'il demande…

SCAPIN. – Cinq cents écus.

Géronte. – Cinq cents écus ! N'a-t-il point de conscience ?

SCAPIN. – Vraiment oui, de la conscience à un Turc.

Géronte. – Sait-il bien ce que c'est que cinq cents écus ?

SCAPIN. – Oui, Monsieur, il sait que c'est mille cinq cents livres.

Géronte. – Croit-il, le traître, que mille cinq cents livres se trouvent dans le pas d'un cheval ?

SCAPIN. – Ce sont des gens qui n'entendent point de raison.

GÉRONTE. – Mais que diable allait-il faire à cette galère ?

SCAPIN. – Il est vrai ; mais quoi ? on ne prévoyait pas les choses. De grâce, Monsieur, dépêchez.

Les Fourberies de Scapin, éd. Claire Joubaire, GF-Flammarion, « Étonnants Classiques », 2009, p. 80-83.

1. Pourquoi Scapin fait-il semblant de ne pas s'apercevoir de la présence de Géronte, au début de la scène ?

2. Comment lui fait-il croire à son histoire ?

3. Pourquoi peut-on rapprocher cette scène de la scène 6 du premier acte de *L'Amour médecin* ?

La comédie-ballet, un spectacle total

Molière ne conseille de lire ses comédies-ballets « qu'aux personnes qui ont des yeux pour découvrir dans la lecture tout le jeu du théâtre[1] ».
Pour vous permettre d'imaginer ce qu'était une comédie-ballet dans toute son ampleur, nous vous invitons à étudier la composition de nos deux pièces – *L'Amour médecin* et *Le Sicilien ou l'Amour peintre* –, à vous remémorer leur contexte de création, mais aussi à découvrir la musique et les danses qui les accompagnent, à travers notamment le portrait de ceux qui ont collaboré avec Molière.

Des spectacles dans le spectacle

Le Sicilien ou l'Amour peintre et le *Ballet des Muses*

Les comédies-ballets de Molière et Lully sont créées à l'occasion de festivités qui durent plusieurs jours, à la cour, devant le roi et les aristocrates les plus puissants du royaume. Ainsi, *Le Sicilien ou l'Amour peintre* prend place dans le *Ballet des Muses*, un spectacle monté plusieurs fois à l'occasion d'un divertissement royal donné au château de Saint-Germain-en-Laye pendant plus de deux mois.
Composé de ballets et de comédies, le *Ballet des Muses* raconte une histoire dont les Muses sont les héroïnes[2]. Nous les retrouvons dans les différentes « entrées » (ou parties) du *Ballet*. Chacune représente un art : Mnémosyne, la mère des Muses,

1. *L'Amour médecin*, p. 33.
2. Voir présentation, p. 17.

incarne la mémoire, Uranie la « connaissance des cieux », c'est-à-dire l'astronomie, Melpomène la tragédie, Thalie la comédie, Euterpe la pastorale, c'est-à-dire la musique, Clio l'histoire, Calliope les « beaux vers », c'est-à-dire la poésie épique, Erato la poésie amoureuse, Polymnie l'éloquence et la dialectique, Terpsichore les chants et les danses rustiques. Voici le plan du *Ballet des Muses* et celui des comédies de Molière qui y prennent place.

Textes d'Isaac de Benserade,
musiques de Jean-Baptiste Lully

Plan du *Ballet* avec insertions de comédies

Plan sommaire des comédies de Jean-Baptiste Poquelin, dit Molière

Dialogue Mnémosyne/ Muses	*chanté*
1re entrée : Uranie, planètes et dieux	*dansé*
2e entrée : Melpomène, Pyrame et Thisbé[1]	*nobles dansants*

3e entrée : Thalie. D'abord *Mélicerte*, «comédie pastorale héroïque» de Molière, sans musique; puis la *Pastorale comique* de Molière, avec musiques et danses (janvier 1667).

Plan de la *Pastorale comique* :

Scène 1	*parlé*
Scène 2 : cérémonie magique de chantres et danseurs	*chanté/ dansé*
Scènes 3 à 6	*parlé*
Scène 7	*chanté/ parlé*
Scène 8 : paysans	*chanté*

1. ***Pyrame et Thisbé*** sont deux personnages des *Métamorphoses* d'Ovide (43 av. J.-C.-17 ap. J.-C.), héros d'une histoire d'amour tragique.

Scène 9	*parlé/ dansé*
Scènes 10 et 11	*parlé*
Scène 12	*parlé / chanté*
Scène 13	*parlé/ chanté*
Scène 14	*chanté*
Scène 15	*chanté/ dansé*

4e entrée : Euterpe, bergers et bergères	*chanté/dansé*
5e entrée : Clio, Alexandre[2], Porus[3], Grecs et Indiens	*dansé*
6e entrée : Calliope et poètes plus, en janvier 1667, *Les Poètes*, comédie de Quinault et une mascarade espagnole	*dansé*
7e entrée : Orphée[4], une nymphe[5]	*chanté*
8e entrée : Erato et amants célèbres	*nobles dansants*
9e entrée : Polymnie, orateurs et philosophes	*pantomime*
10e entrée : Terpsichore, Faunes[6] et Femmes sauvages	*chanté/dansé*
11e entrée : Muses et Piérides[7]	*nobles dansants*
12e entrée : Nymphes	*nobles dansants*
13e entrée : Jupiter métamorphose les Piérides	*nobles dansants*

14e entrée, ajoutée le 14 février 1667 : *Le Sicilien ou l'Amour peintre* de Molière

---

1. ***Alexandre*** : voir note 6, p. 107.
2. ***Porus*** (ou *Pôros*) : roi indien vaincu par Alexandre le Grand en 326 av. J.-C.
3. ***Orphée*** est le fils de Calliope. Il est le « prince des poètes ».
4. Dans l'Antiquité, les ***nymphes*** sont des divinités qui incarnent des éléments naturels, comme des arbres, des rivières ou des montagnes.
5. ***Faunes*** : dieux champêtres.
6. Les ***Piérides*** sont de jeunes chanteuses qui défient les Muses dans un concours de chant. Dans les *Métamorphoses* d'Ovide, elles sont métamorphosées en pie après leur défaite.

Plan de la comédie *Le Sicilien ou l'Amour peintre* :

Scènes 1 et 2	*parlé*
Scène 3	*chanté*
Scènes 4 à 7	*parlé*
Scène 8	*chanté/ parlé*
Scène 9 à 19	*parlé*
Scène 20	*dansé*

Établi par Georgie Durosoir, «Molière à Saint-Germain-en-Laye», in *Molière et la musique, des États du Languedoc à la cour du Roi-Soleil*, Catherine Cessac (dir.), © Les nouvelles presses du Languedoc, Montpellier, 2004, p. 67.

1. Le *Ballet des Muses* est un divertissement destiné à la cour du roi : quel rôle jouent les nobles dans le spectacle ?

2. À quel univers appartiennent les personnages du ballet? Est-ce le même que celui des personnages des comédies de Molière ?

3. Quel est le point commun entre la *Pastorale comique* et *Le Sicilien ou l'Amour peintre* ? Pouvez-vous faire une hypothèse sur la raison du remplacement de *Mélicerte* par la *Pastorale comique ?*

4. Quels rapprochements peut-on faire entre *Le Sicilien ou l'Amour peintre* et la quatrième entrée? et entre *Le Sicilien ou l'Amour peintre* et la «mascarade espagnole» qui suit la comédie de Quinault ?

Plan de la comédie *L'Amour médecin*

Sur le modèle du plan de la comédie-ballet *Le Sicilien ou l'Amour peintre*, complétez le plan suivant de *L'Amour médecin*, en précisant, pour chaque passage, s'il est « parlé », « chanté », « dansé », « chanté/ dansé », « parlé/ chanté», ou « parlé/ chanté/ dansé ». À l'aide de ce travail, comparez les deux pièces.

Plan de la comédie *L'Amour médecin* :

Prologue : ....

Acte I

Scènes 1 à 6 : ....

1er entracte : ....

Acte II

Scènes 1 à 6 : ....

Scène 7 : ....

2e entracte : ....

Acte III

Scènes 1 à 7 : ....

Scène dernière : ....

La musique des comédies-ballets

Désormais, nous vous invitons à découvrir le compositeur de nos deux comédies-ballets, Lully, ainsi qu'une description du chant de l'orviétan dans *L'Amour médecin*.

Le compositeur : Lully (1632-1687)

Giovanni Battista Lulli naît en 1632 à Florence, en Italie, dans une famille modeste. En 1646, à quatorze ans, il est recruté par le duc de Guise : l'Italie est à la mode en France, et la nièce du duc, Mlle de Montpensier, veut apprendre l'italien. C'est ainsi que le jeune Giovanni Battista arrive en France en tant que « garçon de chambre », fonction qu'il occupe jusqu'en 1652. En 1653, il danse devant Louis XIV dans le *Ballet de la Nuit* et charme le souverain. Moins d'un mois plus tard, il est nommé compositeur à la cour. Il devient rapidement un courtisan en vue, et un compositeur de ballets à succès. En alliant musique instrumentale et musique vocale, et en mêlant la tradition française de la danse et la tradition italienne du chant, il invente un style inédit, qui plaît au roi. Le souverain lui témoigne son amitié et son estime : en 1661, le compositeur obtient la nationalité française (sous le nom de Jean-Baptiste Lully) et il est nommé surintendant de la Musique du roi et compositeur de la Chambre.

Dans les années 1660, il participe activement aux cérémonies de la cour : par exemple, il crée le trio de chambre pour le « petit coucher » du roi. Il écrit aussi la musique des divertissements de cour : dès 1665, ses compostions pour les bals de la cour sont publiées. Enfin, il compose également de la musique religieuse. C'est à cette période que le roi lui demande de collaborer avec Molière pour créer des comédies-ballets destinées à être représentées au cours des divertissements royaux.

Dans les années 1670, Lully compose des « tragédies en musique » – genre nouveau, apte à concurrencer l'opéra italien et qui rencontre un succès grandissant à la cour du Roi-Soleil. En 1672, Lully parvient à acheter le privilège de l'opéra pour toute la France : il possède ainsi le droit d'exclusivité des représentations où figurent plus de deux airs de deux instruments. Il est nommé directeur de l'Académie royale de musique et, pendant quinze ans, continue à créer avec succès des pastorales, des opéras, des ballets et des musiques de cérémonie. Il reçoit l'aide de Louis XIV, qui finance les répétitions et les premières représentations des spectacles somptueusement mis en scène à la cour. Il meurt en pleine gloire en 1687.

1. La musique était-elle très présente à la cour du roi Louis XIV ? À quelles occasions en jouait-on ?

2. En vous aidant de la présentation de l'édition, comparez la carrière de Molière à celle de Lully : quels sont leurs points communs ?

3. La rupture entre les deux artistes a lieu en 1671. En vous appuyant sur la biographie de Lully, quelles hypothèses pouvez-vous faire sur les raisons de leur brouille ?

Le chant de l'orviétan dans *L'Amour médecin* (acte II, scène 7)

Nathalie Berton, musicologue, étudie ci-dessous la composition du chant de l'orviétan dans *L'Amour médecin*.

La scène 7 du second acte est un parfait exemple de l'adéquation de la comédie et de la musique, puisque l'opérateur répond en chantant à Sganarelle qui lui parle. Dans cette scène, Molière – qui s'est au cours des scènes précédentes abondamment moqué des médecins « officiels » – raille l'opérateur et ses remèdes de charlatan. L'opérateur chante ici un air en deux parties. Au cours de la première, il vante de manière grandiloquente[1] et quelque peu ridicule les mérites de son orviétan : le rythme pointé confère une grande majesté à ses propos (sur des alexandrins[2]). Le dessin mélodique est ascendant et procède par mouvements conjoints, la ligne mélodique compte de nombreuses valeurs longues et des silences. La seconde section contraste fortement avec la première. Tout d'abord, Lully change de mètre : il passe d'une mesure à 2 à une mesure à 3/8[3] pour énumérer rapidement et de manière assez comique les maladies que le remède est censé guérir (le nom de chaque maladie forme ici à lui seul un court vers de trois pieds[4]). Pour célébrer la «grande puissance de l'orvié-

1. ***Grandiloquente*** : excessivement solennelle.
2. ***Alexandrins*** : vers de douze syllabes.
3. Lully choisit un rythme plus rapide.
4. ***De trois pieds*** : de trois syllabes.

tan», Lully retourne au style du début de l'air, en insistant sur l'O par lequel s'ouvre le vers. L'opérateur chante ensuite un deuxième couplet, sur la même musique.

Nathalie Berton, «*L'Amour médecin*, ou l'union de la comédie, de la musique et de la danse», in *Molière et la musique, des États du Languedoc à la cour du Roi-Soleil*, © Les nouvelles presses du Languedoc, *op. cit.*, p. 59-60.

1. Le chant de l'orviétan se compose de deux parties : où commence la seconde partie du chant ? Quel changement se produit dans la musique ?

2. Quels aspects du discours de l'opérateur la musique de Lully met-elle en valeur ?

La danse des comédies-ballets

Dans nos deux pièces, la musique de Lully accompagne des ballets imaginés par Pierre Beauchamps, chorégraphe de toutes les comédies-ballets de Molière. Découvrez la vie de cet artiste et, à votre tour, imaginez les danses de nos deux spectacles.

Le chorégraphe : Beauchamps (1631-1705)[1]

Pierre Beauchamps est issu d'une illustre famille française de musiciens : son grand-père, son père et son oncle sont tous les trois violonistes et danseurs, et ils ont l'habitude de se produire devant la famille royale.

1. Cette biographie s'appuie sur un article de Nathalie Lecomte : «Les danseurs de *Monsieur de Pourceaugnac* », in Molière et Lully, *Monsieur de Pourceaugnac*, François Moureau et Jérôme de La Gorce (dir.), Centre des arts et de la scène des XVIIe et XVIIIe siècles, 1997.

Pierre Beauchamps commence son apprentissage vers huit ans et n'a que dix-sept ans lorsqu'il danse pour la première fois à la cour, en 1648. Il devient rapidement un danseur de ballet réputé pour sa virtuosité technique. Vers 1656, il se fait chorégraphe, notamment pour les ballets composés par Lully. Il est également maître de musique. Dans les années 1660, l chorégraphie de nombreux ballets de cour, et, en 1661, il est nommé intendant des Ballets du roi par Louis XIV. La même année, il compose la musique de la première comédie-ballet de Molière, *Les Fâcheux*. Il ne compose pas la musique des comédies-ballets suivantes du dramaturge, mais participe à toutes en tant que chorégraphe et danseur (lors des représentations à la cour) ou chef d'orchestre (lors des reprises au Palais-Royal).

En 1673, après la mort de Molière, il rejoint l'Académie royale de musique, continue de composer des ballets avec Lully et à danser dans les opéras représentés à la cour. En 1687, après la mort de Lully, il quitte l'Académie mais continue à travailler dans les collèges jésuites[1], où la danse est très pratiquée. On rapporte qu'il dansait encore devant l'ambassadeur d'Espagne en 1701 : Pierre Beauchamps avait alors soixante-dix ans !

Les danses dans *L'Amour médecin* et *Le Sicilien ou l'Amour peintre*

L'usage veut que l'on mêle danses nobles et danses comiques ou exotiques dans les divertissements royaux. À votre avis, dans nos deux pièces, les danses suivantes étaient-elles nobles, comiques ou exotiques ?

---

1. ***Collèges jésuites*** : collèges tenus par des religieux catholiques de la Compagnie de Jésus (ordre fondé en 1534 par Ignace de Loyola).

L'Amour médecin

– Prologue (danse de la Musique, de la Comédie et du Ballet) : ....

– 1er entracte (danse de Champagne et des médecins) : ....

– 2e entracte (danse des Trivelins) : ....

– Scène dernière (danse des Jeux, Ris et Plaisirs) : ....

Le Sicilien ou l'Amour peintre

– Scène 8 (danse des esclaves) : ....

– Scène dernière (danse des Maures) : ....

La mise en scène des comédies-ballets

Les comédies-ballets constituaient un spectacle somptueux, plein de surprises pour les spectateurs. Comment étaient-elles mises en scène du temps de Molière ? Comment peut-on les mettre en scène aujourd'hui ?

Au XVIIe siècle

La scène et les décors

Israël Silvestre (1621-1691) et Jean Le Pautre (1618-1684) ont représenté les divertissements royaux auxquels ils ont assisté à Versailles. La gravure d'Israël Silvestre (p. 156) figure le théâtre sur lequel fut jouée la comédie-ballet *La Princesse*

■ Théâtre sur lequel fut représentée la comédie-ballet *La Princesse d'Élide*, lors des *Plaisirs de l'Île enchantée*, à Versailles (1664). Gravure d'Israël Silvestre.

d'*Élide*, lors des *Plaisirs de l'Île enchantée*, en 1664. Celle de Jean Le Pautre (p. 158) représente une scène du *Malade imaginaire*, comédie-ballet donnée devant le roi l'année qui suivit la mort de Molière, en 1674.

1. Observez la scène : quels éléments du décor contribuent à donner au spectacle un caractère grandiose ?

2. Où se situe l'orchestre ?

3. Observez le public : de qui s'agit-il ? Pendant la représentation du *Malade imaginaire*, où se situe le roi ? Pourquoi ?

Les costumes

Voici la description des costumes[1] du personnage interprété par Molière dans *L'Amour médecin* et *Le Sicilien ou l'Amour peintre*. Lisez-la attentivement, puis répondez aux questions qui suivent.

– Sganarelle (dans *L'Amour médecin*) : « un pourpoint[2] de petit satin coupé sur roc d'or (?) [*sic*], un manteau et chausses de velours à fond d'or, garni de ganses[3] et de boutons » ;

– Dom Pèdre (dans *Le Sicilien ou l'Amour peintre*) : « les chausses et manteau de satin violet, avec une broderie or et argent, doublé de tabis[4] vert, et le jupon[5] de moire[6] d'or, à manches de toile d'argent, garni de broderies et d'argent, et un bonnet de nuit, une perruque et une épée ».

---

1. Connus par l'inventaire après décès (celui-ci est reproduit dans l'édition des *Œuvres complètes* de Molière, éd. Georges Couton, Gallimard, coll. «Bibliothèque de la Pléiade», t. I, 1971).

2. ***Pourpoint*** : partie d'un habit d'homme qui couvre le corps depuis le cou jusqu'à la ceinture.

3. ***Ganses*** : cordons de soie, d'or ou d'argent, utilisés pour lier les boutons d'un costume.

4. ***Tabis*** : taffetas.

5. ***Jupon*** : long justaucorps.

6. ***Moire*** : étoffe de soie.

■ Représentation du *Malade imaginaire* de Molière, au théâtre des jardins de Versailles (1674). Gravure de Le Pautre.

1. Quel point commun percevez-vous entre ces deux costumes ?

2. En vous aidant des gravures d'Abraham Bosse (p. 129 et 130), imaginez, sous forme d'inventaire, les costumes des médecins de *L'Amour médecin*.

Les accessoires

Voici la liste des accessoires utilisés lors d'une représentation de *L'Amour médecin* à la cour du roi en 1680, telle qu'elle a été dressée par l'accessoiriste[1] :

– Une écritoire
– Du papier
– Une bague
– Des jetons
– Une bourse
– 4 chaises

1. Selon vous, à quelle(s) scène(s) était destiné chacun des accessoires ?

2. Sur le même modèle, dressez l'inventaire des accessoires indispensables à la mise en scène du *Sicilien ou l'Amour peintre*.

Une mise en scène contemporaine

En 2005, à la Comédie-Française, Jean-Marie Villégier et Jonathan Duverger ont mis en scène les deux comédies-ballets *L'Amour médecin* et *Le Sicilien ou l'Amour peintre*, l'une à la suite de l'autre, dans un même spectacle. Pour la musique, ils ont fait appel à William Christie et à son ensemble musical, les Arts florissants. Observez les photographies du spectacle (p. 32, 53, 63, 81 et 118), puis répondez aux questions suivantes :

---

1. Reproduite dans *Le Mémoire de Mahelot*, Pierre Pasquier (éd.), Honoré Champion, 2005.

1. Où se situe l'orchestre ? Comment expliquez-vous ce choix ?

2. Comment la mise en scène est-elle rendue spectaculaire ?

3. Décrivez les costumes des médecins et de l'opérateur : vous semblent-ils correspondre aux personnages ? Pourquoi ?

4. Observez les costumes du *Sicilien ou l'Amour peintre* : à quel univers renvoient-ils ? Comment expliquez-vous ce choix ?

5. À votre tour : vous êtes un metteur en scène, et vous avez décidé de monter *L'Amour médecin* et *Le Sicilien ou l'Amour peintre*. Une journaliste vous interroge sur vos choix de mise en scène. Rédigez cette interview.